妖魔と下僕の契約条件 3

椹野道流

角川文庫
23225

目次

プロローグ 5

一章 空気の色 19

二章 まれびと来る 60

三章 下僕たるもの 98

四章 闇に棲《す》むものたち 139

五章 少しずつ 188

エピローグ 237

妖魔と下僕の契約条件

Characters

足達正路《あだちまさみち》

志望の大学に2回落ちて、現在浪人生。
優しいけれど、気弱で内向的な性格。
司野と「契約」を交わし、命を救われる。

辰巳司野《たつみしの》

人間離れした美貌の青年。
実は長年封印されていた力を持つ妖魔で、
現在は人間のフリをして、骨董店の店主をしている。

忘暁堂《ぼうぎょうどう》

司野が店主を務める骨董店。
付喪神が宿るものばかりを集めている。

プロローグ

誰かが、自分を呼んでいる。

自分の名を、幾度も繰り返し声に出している。

まだ浅い眠りに全身を気怠《けだる》く浸し、半年ほど前から「司野《しの》」と呼ばれるようになった妖魔《ようま》は、小さく舌打ちした。

（自分の……俺の名、だと？）

（あれが俺の名などと、思ったことは一度たりともない。ない、はずだ。奴がそう呼ぶから、仕方なく……それだけのことだ）

本来ならば、彼ら妖《あやか》しは名など持たない。

名どころか、氏素性すら、多くの妖しには存在しない。

命を脈々と受け継いできた祖先も、子の誕生を言祝《ことほ》ぎ、慈しみ、将来の幸福を願って名を与えてくれる親も、妖しには存在しないからだ。

彼らはみな、人間たちがみずから作り出しておきながら都合よく背を向け、顧みることのない饐《す》えた澱《よど》みから生まれ、共食いを繰り返すだけの弱々しい存在だ。

その中で、捕食により強い力を得たごく一部の妖しだけが、他の生き物を襲い、食らって、さらなる力を得る。

人間からも恐れられる程になった妖魔の中には、自分の根城にしている土地の名を冠される者も稀《まれ》にいる。

そう、「彼」もかつては、そんな偉大な妖魔の一匹……いや、ひとり、あるいは、ひとつ……？

妖しを数える単位など彼には知るよしもないが、とにかく彼はそうした偉大な、誇り高い妖魔だった。

人は彼を、葬送の地を支配するものとして、ひどく恐れた。

彼は逃げ惑う人間を捕らえ、いたぶりながら喰《く》らうのが好きだった。

死を目前にした人間の恐怖は、その血肉と同じくらいとろりと甘く美味で、彼は夢中になって次々と人間を襲い、むさぼり、彼らの命を己の力に変えた。

赤子であろうと、美しい女であろうと、むくつけき男であろうと、もはや命を終えようとしている老人であろうとお構いなしに、気分の向くままに「食事」を楽しんだ。

世の中に怖いものなど何もない。

自分を斃《たお》すどころか、指一本触れられる者すら、この世にはいない。

彼は、そう確信していた。

ある夜、笛一本のみを携え、ふらりふらりと鳥辺野《とりべの》をうろつき回る、あの呑気《のんき》な陰《おん》陽師《みょうじ》に出くわすまでは。

(そうだ。俺には恐れるものなどなかった。今もない。恐れてなどは、いない)

目を閉じたまま、司野は歯《は》噛《が》みした。


「司野、司野はいずこにおる？　司野よ」


なおも繰り返し、彼の名を呼ぶ声が聞こえてくる。

あの夜、力でも蛮勇でもなく、卓越した冷静沈着ぶりと策謀で司野をねじ伏せた、あの男の声だ。どこか間延びした涼やかな声が、必要以上に妖魔のカンに障る。

(うるさい)

司野はムキになって固く目を閉じた。

ひ弱な人間に敗北するのは屈辱だったが、それだけならまだよかった。

何者かと戦えば、そこに引き分けなどは存在しない。生じる結果は勝利か敗北だけだ。

勝てば相手を喰らい、負ければ相手に喰われる。

いずれにしても、そこにあるのはこれ以上ないほどシンプルな命のやり取りだけだ。

そんな単純な勝負しか知らなかった司野に、陰陽師は穏やかな微笑みを浮かべ、

「お前を殺すことはせぬ」と告げた。

そして、愕然《がくぜん》とする妖魔の強大な力を呪《しゅ》によって削《そ》ぎ、人間の姿の「器」に封じ込め、「司野」という名で縛して、みずからの式神としたのである。

手当たり次第に人を喰らう妖しとして恐れられていた司野は、言うなれば都の人々にとっては憎い敵だ。

その敵を、陰陽寮に属する陰陽師が式神、つまり使い魔にすることには、周囲の大きな反対があった、いやむしろ反対意見しかなかったと、陰陽師……辰巳《たつみ》辰冬《ときふゆ》と名乗るその男自身が、笑いながら司野に語った。

だが、司野を策で陥れただけあって、辰冬は見た目の弱々しさに似合わず、したたかで柔軟な強さを持つ人物であるらしい。

都に仇《あだ》を為《な》してきた司野を自分が式神にすることで、その強大な力を、これからは都を守護するために用いることができる。

ただ屠《ほふ》ったり封じたりするより、これまで犯してきた罪を少しなりとも償わせるほうが、利が大きいのではないか。

渋る陰陽寮の上役たちを相手に、辰冬は根気よくそう訴え続け、ついに司野を式神として従えることを赦《ゆる》されたのだそうだ。

「ふふ、その代わり、お前が今後、たとえ一度でも人間に害を為せば……お前を滅するだけでは到底、足りぬ。わたしとて、ただでは済まぬであろうな。おそらくこの手足を四つに裂かれ、都の守護の礎にと地中に埋められることであろう」

あっけらかんとそう言って、辰冬は笑っていた。

(わからん)

まだしつこく眠りにしがみつきながら、司野は心の内で首を捻《ひね》った。

何故、辰冬は、己が身を危険に晒《さら》してまで、司野を式神にと望んだのか。

一つ屋根の下でいやいや生活を共にし始めて半年が過ぎても、司野にはいっこうに理解できない。

(何故、辰冬の奴は、そこまでして俺に執着する？　何故、妖魔の俺を人型の器に封じ、まるで人間のように扱おうとする……？)

それは、式神にされてより、司野の心に何百回とよぎった疑問だった。

だが、いくら考えても、答えは出ない。

辰冬に訊《たず》ねたところで、あの食えない笑顔でサラリと受け流されるばかりで、いっこうに答えは貰《もら》えない。

こうして、落ちついて考えようとしても……。

「司野！　司いいぃ野おおおぉー」

とうとうおかしな節回しをつけて、歌でも詠むように名を呼び始めた辰冬に焦《じ》れて、司野はカッと目を開き、荒々しい大声を出した。

「うるさい！　黙れ！」

すると、「おや」と小さな声がして、誰かが屋敷から庭に出てくる衣《きぬ》ずれの音と足音がした。

言うまでもなく、辰冬だ。

やがて、司野がいる小さな書倉の前に、狩衣姿の辰冬がゆっくりとやってきた。

片手を額にかざして夕日の赤い光を遮りながら、辰冬は、司野がまだ胡座《あぐら》をかいている板葺《いたぶ》きの屋根の下にやってきた。

「主《あるじ》に屋敷じゅうを捜し回らせるのみならず、『黙れ』などと悪口を叩《たた》き、ましてさようなところに座して、主を無遠慮に見下ろすとは何ごとか」

語調は厳しいが、涼やかな声も、真下に見える辰冬の顔も、既に笑ってしまっている。

「見下ろして何が悪い」

叩きつけるように言い返して、司野は屋根からヒョイと身を躍らせた。

音も立てずに地面に降り立つと、主の前に胸を張って腕組みし、尊大に言い放つ。

「そもそも、俺は貴様より背が高い。ただ立っているだけで、俺は貴様を常に見下ろしているぞ。加えてこれは、貴様が俺に押しつけた『器』ではないか。咎《とが》も責も、貴様のほうにある」

確かに、辰冬が司野に与えた「人型の器」は、長身で、若い男性のそれだった。

筋骨隆々という感じではないにせよ、まるで大型の猫のようにしなやかな身体つきで、司野の意のままに……無論、「人間ができうる範囲の動作で」という制限つきではあるが、指先つま先まで、意外なほどスムーズに動く。

「それは道理であるな」

辰冬はやはり温和な口調でそう言い、司野の仏頂面を面白そうに見た。

「力をほぼ削ぎ落としたとはいえ、妖魔《ようま》に男の身体など与えては物騒だ、もっと弱々しい、たとえばなよやかな女や、いとけない童の姿をした器をくれてやれ、と言う者は多い。されど、それではお前を式神にした意味がない。わたしとしては、お前には大いに力仕事を期待しておるのだ」

「勝手に期待などするな。俺は力仕事などしとうはない。女や童になれば、貴様などのために働かずに済むなら、そっちの器のほうがよい。今すぐ俺を入れ替えろ」

僕《しもべ》とは……と首を捻りたくなるような居丈高な司野の暴言に、辰冬は特に腹を立てる様子もなく、烏帽子《えぼし》を被《かぶ》った頭を嘆かわしそうに、かつ多少大袈裟《おおげさ》に振ってみせた。

「やれやれ。塵芥《じんかい》のような弱々しい妖《あやか》しならば、小鳥や小犬のように可愛らしく忠実な式神になってくれるというに。お前のような弁の立つ妖魔を僕にするのは、なかなか骨が折れる。道理で、誰も試みようとせぬわけだ」

「当たり前だ。この俺を使役しようなどと、思い上がりが過ぎるぞ、人間ふぜいの貴様ごときが」

「その人間ふぜい、そしてわたしごときに、お前は無様に負け、ねじ伏せられたのだ。己を貶《けな》す趣味があったとは知らなんだぞ、司野。なかなか謙虚なことではないか」

「なっ……」

相変わらず柔らかな声音ではあるが、言葉はなかなか辛辣《しんらつ》である。

辰冬には、こういう、懐深く隠し持った刃物を突然一閃《いっせん》させるようなところがある。

既に何度か経験済みだというのに、意表を突かれ、明らかにギクッとしてしまった司野は、悔しげに唇を噛《か》んだ。

「……うるさい。で、やかましく俺を呼びつけて、何用だ」

明らかにトーンダウンした司野に、細い目を三日月のようにした辰冬は、「呼びつけられたのは、わたしのほうなのだがね」と前置きして、こう言った。

「ともかく、厨《くりや》へ赴き、疾《と》く火を熾《おこ》しておくれ」

司野は膨れっ面で言い返す。

「なんだって、俺がそんなことをせねばならん。厨には煮炊きをする女がいただろう。あれにやらせればいい」

辰冬に与えられた「器」は、若いとはいえ成人男性のものだが、何しろ中に封じられた司野自身は、まだ人間社会に連れてこられて日が浅い。言うなれば、反抗期真っ盛りの、やたら口が回る悪童といった趣である。

「もうおらぬよ」

静かに告げた辰冬に、司野は薄い唇をへの字に曲げた。

「なんだ、来たばかりだろう。また逃げられたのか」

「お前が我が屋敷に来て以来、お前を怖がって、ひとり、またひとりと家人《けにん》が逃げていった。ようやく新しい者が見つかったと思うたに、今朝、おらぬようになっておった」

ふん、と、司野は勢いよく鼻を鳴らした。

「いい気味だ。貴様は忘れているようだがな、辰冬。人間は、妖しを恐れるものなのだ。人間の下っ端陰陽師《おんみょうじ》ごときが、俺のような妖しを式神にするなどという、分不相応なことを……」

「ついさっき、その下っ端陰陽師ごときに、お前は縛されたのだと言ってやったばかりだと思うたが」

「うるさい！　口の減らん陰陽師だ！」

「口が減らないというなら、お前も同様だと思うが。まあとにかく、そういうわけだから、火を熾しておくれ。幸いにも、今宵《こよい》は望月《もちづき》だ。美しい月を眺めつつ、共に酒を酌み交わし、鮎《あゆ》を食そうではないか」

「鮎だと？」

いささか興味を惹《ひ》かれた様子の司野に、辰冬は両手で大きな鮎の形を作ってみせた。

「うむ。人喰《ひとく》い妖魔と共に荒れた屋敷に住まうわたしを案じて、友が、よき酒と見事な鮎を家人に届けさせてくれたのだよ。それはまるまると太り、旨《うま》そうな鮎だ。お前、確か鮎は好物だったであろう？」

怒った犬のように、司野は高い鼻筋にたくさんの皺《しわ》を寄せた。美しい顔が台無しの、野獣めいた表情である。

「鮎は食う。だがその、友とやらいうのは何だ？　人間か？」

その根源的な質問に、さっきからずっと冷静で落ち着き払った態度を崩さなかった辰冬が、初めて僅《わず》かに困惑の表情を見せた。

「友とは、此度《こたび》の場合は人間であるが……む、お前はときおり、童が発するそれのように他愛なく、それゆえに答えることが難しい問いを発するものだな」

「なんだ、自分で口にした言葉の意味すら、言えんのか」

　主に対する態度など知ったことではないと言いたげに、司野は辰冬をせせら笑う。

「答えることが難しい、と言うたのだ。答えられぬわけではない。されど……そうよな。友という言葉は、様々な意味合いを含んでおる。日々、顔をつきあわせて親しゅう付き合《お》うておるが、心の中では互いに嫌い合う間柄の友も、何十年も会えずにおっても、常に心にその者のための場所がある友もおるな」

　それを聞いて、司野の鼻筋の皺はますます深くなった。犬であれば、次の瞬間、喉《のど》笛《ぶえ》に嚙みつかんばかりの凶相だ。

「なんだ、それは」

「人間とは、さように複雑な関係を他者と結ぶ生き物なのだよ。お前にも、いつかわかる。……だが、鮎をくれた友は、まことに気の良い、数少ない心許せる友だ。ああいや、数少ないというのは偽りだな。ただひとりの信ずるに足りる友、と正直に言うべきであった」

「貴様、都でこれほど多くの人間どもに交わって生きているというのに、信用できる奴が、この世にひとりしかおらんのか」

　さすがに呆《あき》れ顔の司野に、辰冬は、どこか能面を思わせるつるりとした顔に寂しげな笑みをよぎらせ、曖昧《あいまい》に頷《うなず》いた。

「そう言われてしまうと、なにやら虚《むな》しさを覚えてしまうが、そのとおりだ。されど、司野よ。この世にただひとりであっても、信ずるに足りる友がおるというのは、大いなる幸いなのだ。お前にも、いつかわかる」

「わかるものか。わかりとうもないわ、そのような人間どうしの馴《な》れ合いなど」

「馴れ合いではないのだよ。真《まこと》の友との繋《つな》がりというものは」

諭すようにそう言って、辰冬は、赤子を慈しむ父親の慈愛をたたえた表情で、司野の険しい顔を見上げた。

「わたしはいつの日か……できうることであれば、この命が尽きる前に、お前とも、『主《あるじ》と式』ではのうて『友』と互いに呼び合える日がくればよいと、そう願《ねご》うておる」

「おい、つけ上がるなよ、人間！　そんな日は、絶対に、来ん！」

「来……ん」

自分の声で、司野はふと目を覚ました。

暗い室内、馴染《なじ》みの古い家のにおい、そして、重さが気に入って敢《あ》えて使い続けている綿布団の感触……。

間違いない。「忘暁堂《ぼうぎょうどう》」の己の部屋の布団の中にいる。

視線を少し横に向ければ、旧式の目覚まし時計が、午前一時三十四分を指している。

（夢など……しかも大昔の記憶を、今さら夢に見るとは）

本来、妖魔《ようま》である彼には、毎晩の睡眠など必要ない。

しかし、休息自体は悪いものではないし、司野は、布団に横たわるという行為がなかなか気に入っている。

起きているときは、千年前に主である辰冬から押しつけられた、この忌々《いまいま》しい「人型の器」を支え、機能させることにそれなりの力を費やさなくてはならないが、横たわれば、全身の力を抜いてしまえる。

まるで大昔、重力など少しも気にせず、いくらでも高く、いくらでも遠く、自由に跳躍、飛翔《ひしょう》できていた頃の感覚を思い出して快い。

無論、「人型の器」から脱出することは未《いま》だ適《かな》わないのだが、それでも、少しばかり自由になった気分が味わえるのは、司野にとって悪くないことなのだ。

（だが、何故、辰冬の夢など……ああ、そうか）

司野はふと傍らに視線を移した。

自分と同じ布団の中で、借りてきた猫のように縮こまって眠る、小柄な男。

辰冬の僕《しもべ》である自分が下僕にした、か弱い人間の男だ。

体勢は遠慮がちなくせに、やけに伸びやかな寝息を立てているその男……足達正路《あだちまさみち》の全身からは、微《かす》かに、しかし確かに、金色の淡い光が放たれている。

現代の人間たちは「オーラ」などという言葉で呼ぶらしいが、いわゆる「気」……人間が持つ、命のエネルギーのささやかな発露である。

人間の目にはあまり見えないものらしいが、妖魔である司野には、それぞれの人間が持つ「気」の色がハッキリとわかる。

正路が持つ金色の「気」はとても珍しく、司野は同じ「気」の色を持つ人間を、この千年余りでひとりしか知らない。

辰冬だ。

（そうか……。こいつの「気」が傍らにあったせいで、柄にもなく、辰冬の夢など見たわけか。そうだ。それだけのことだ。これは）

これは、断じて、感傷などではない。

声に出さず苦々しくそう呟《つぶや》いて、司野は正路から……というより、亡き主と同じ、木洩《こも》れ日のような色の「気」から顔を背け、再び目を閉じた。

一章　空気の色

「ふむ」

事務机を挟み、向かい合って座した相手が、小さな声と共に軽く頷いた。

足達正路は緊張して俯《うつむ》きつつ、無言で相手の次の言葉を待つ。

腿《もも》の上に置いた手のひらが、じっとりと汗で湿っているのがわかった。

早くも喉《のど》の渇きを覚えるが、目上の人と二人きりのこの場で、足元のバッグから飲み物を取り出す度胸は彼にはない。

早く。早く何か言ってほしい。できれば、いい感じのことを。

しかし、待てど暮らせど、正路の耳には何も聞こえてこない。

いささか広すぎる室内に、どうにも居心地の悪い沈黙が落ちる。

相手がどんな顔つきをしているのか気にはなるが、顔を上げて見る勇気などなく、正路は逃げ場を求めて、視線を大きな窓のほうへ向けた。

外の街路樹からは、ガラス越しでもうるさいほどの蝉の声が聞こえる。

室内はエアコンが効いて薄ら寒いほどだが、陽射しの強さから、外気温を推し量ることは難しくない。

いつの間にか、世間は七月の半ばになっていた。

先週、長かった梅雨がようやく明け、ここのところは毎日、巨大な積乱雲が青空に浮かんでいる。

(あれから……司野と出会ってから、もう四ヶ月も経ったのか)

目まぐるしく変わった環境に、無我夢中で適応しようとしているうち、時間は飛ぶように過ぎていく。

それを実感して、正路は軽い眩暈《めまい》を覚えた。

春先のある夜、轢《ひ》き逃げされて死を待つばかりだった正路は、美しい人間の男の姿をした「妖魔」に救われた。

不思議な力で、完膚なきまでに破壊されたはずの肉体を「繕って」もらい、命を取り留めたのだ。

とはいえ、ただ救われたわけではない。

正路は生きるために、辰巳司野と名乗るその妖魔の「下僕」となり、心身のすべてを司野に捧《ささ》げる……というにわかには信じられないような契約を交わしてしまった。

以来、正路は、ご主人様である司野と生活を共にしている。

彼が営む小さな骨董《こっとう》品・古道具の店「忘暁堂」の二階で寝起きし、彼の命令に従って生きている……などというと、まるで奴隷か小間使いのようだが、実際はそうではない。

どちらかというと、「生活を丸抱えしてもらっている」というのが、極めて正確な表現だろう。

実家に経済的な負担をかけないよう、古びたアパートに住み、アルバイトと独学で、どうにか生活と勉強を両立させていた正路の生活は、司野の下僕になって一変した。

住む家こそ前のアパートよりさらに古いものの、衣食住が完璧《かんぺき》に保障され、勉強に打ち込める環境と時間が与えられた。その上、司野の出資で予備校にも通わせてもらっている。

妖魔のくせにやけに生真面目で勉強好きな司野は、下僕である正路が学ぶことを大いに歓迎しているようだ。

無論、ただ自分のための勉強をするだけでなく、生活においても、「忘暁堂」の仕事についても、自分にできることを見つけようと頑張っている正路だが、司野は基本的にひとりで何でもできる上、彼の「仕事」があまりに特殊なので、できることは限られてしまう。

司野の「仕事」とは……。

ゴホン。

緊張を少しでも緩和しようと、「今頃、司野は店で何をしているだろうか」などと考えていた正路は、相手の咳払《せきばら》いでハッと我に返った。

実は今、正路は予備校の面接室にいる。

生徒のケアが実に手篤いこの予備校は、毎月末、必ず面談があり、そこで現時点の学力評価を受け、受験に対する展望や方針を微調整したり、学習についてのアドバイスを貰《もら》ったり、個人的な相談をしたりする機会が設けられている。

正路の真正面にいるのは、四月に入学して以来、ずっと面談を担当してくれている高梨《たかなし》という名の年配の男性だ。容貌《ようぼう》から推し量るに、六十歳は過ぎているだろう。

本人はあまり自分の話はしないが、正路が秋田県出身だと知って、「僕は青森で、三十年ほど中学校の先生をしていたんですよ。青森と秋田を一緒にしちゃいけないだろうけど、同じ東北だ、通じるものはあるでしょう。やあ、懐かしいねえ」と目を細めた。

以来、高梨はそのフレンドリーな態度を崩さずにいてくれるが、それでも一対一の面談というのは、何度経験しても落ち着かない、心細いものだ。

「足達君、なかなか頑張ってますねえ」

青白い顔をした正路に、高梨は開口一番、そう言った。

表情も口調も好意的だが、真意が読めないふんわりした言葉選びでもある。正路はとっさに応じることができず、困惑気味に首を傾げた。

正路の前に置かれた紙には、入学以来の小テストや定期テスト、模擬試験の成績がグラフ表示されている。

高梨の手元にある資料はもっと枚数が多いので、おそらく成績以外のデータもあれこれとまとめられているのだろう。

「頑張って……いるつもりなんですけど」

正路は自分の前に置かれた成績表を見下ろし、思わず肩を落とした。

大学浪人生活も、ついに二年目に入ってしまった。

過去二回の受験失敗は、独学の方法や方向性が間違っていたのかもしれない。予備校に通わせてもらえれば、「正しい」学習方法を身につけ、成績もめきめき上がったりするのではないか……などと、正路はこっそり期待していた。

何かと悪いほうに考えやすい彼としては、破格に楽天的な、つまりはそれだけ切羽詰まった願望だったのだが、人生はそれほど甘くない。

どの試験についても、成績は横ばい、あるいは贔屓目《ひいきめ》に見てごく僅《わず》かに上昇といった程度である。数値で明確に表示されているので、希望的観測をする余地すらない。

だが高梨は、老眼鏡を掛けて正路の成績表を眺めつつ、「頑張ってますよ」と微笑んだ。その笑顔には、どこか郷里の祖父を思い出すしみじみした優しさがあって、正路の胸がチリッと痛む。

「頑張っていても、結果が伴わないと、意味がない……ですよね」

「そりゃそうだねえ。僕ら、生徒さんに大学に合格してもらうのを最終目標にして、仕事をしているわけだから」

消え入るような正路の言葉に、高梨はやけにあっさりと同意する。正路はガックリと項垂《うなだ》れた。

「ですよね。すみません。でも、何が悪いんだろう。いや、頭。僕の頭が悪い……」

「いやいや。いきなり悲観的にならないで。君は別に、頭の悪い子じゃないよ」

慌てて慰めようとする高梨の言葉は、正路の頭には素直に入ってこない。

「でも、それ以外考えられなくて。僕……その、予備校に通うのは、これが初めてなんです」

「最初の面談でも、そう言っていたねえ。これまではずっとひとりで頑張っていたと」

資料を見ながらそう言う高梨に、正路は深く頷《うなず》いた。

「先生方から色々教えていただいて、知らないことがいっぱいあって。今まで何してたんだって驚くし、へこみもしますけど、とても楽しいです。予習も復習もしているつもりです。勉強をサボっているわけじゃないんです。そりゃ、起きてから寝るまでずっとやってるかって言われたら、そんなことはないんですけど」

「誰だってそうだよ。君がサボってるなんて、僕は思わないね。勿論《もちろん》、僕は面談担当だから、君の授業を受け持ったことはないけど……ほら、本当は生徒さんには見せない資料なんだけど、少しだけ」

深い皺《しわ》にたたみ込まれそうになっている目をさらに細くして笑いながら、高梨は資料から一枚の紙片を抜き取り、正路の前に置いた。

それは、担当の講師たちが記録した、正路の受講態度を集めた資料だった。

「真面目。最前列ではないが、だいたい前から二、三列目の窓際にいる」

「板書をきちんと取っている」

「居眠りしない」

「授業中は恥ずかしいのか、休み時間に追いかけてきて質問をすることが多い」

一行ずつ目を走らせながら、正路は子犬を思わせるつぶらな目を瞠《みは》った。

(教室には何十人も生徒がいるのに、ちゃんと見てるんだ、先生って)

「ね、みんな、君の真面目さは知ってるよ。ただ……」

「ただ？」

「ここを見てごらん」

高梨は、軽く曲がった人差し指で、下のほうにあったコメントの一つを指し示した。

正路が覗《のぞ》き込むように見ると、そこにはこう書かれていた。

「最初から最後まで同じ感じで真剣。人間の集中力には限りがあるので、当然、授業の最後のほうはあからさまにグッタリしている。このメリハリのなさが、成績の停滞の原因である可能性も？」

あっ、という小さな声が、正路の口から漏れた。

高梨は資料を自分のほうへ引き寄せ、その上で両手の指を軽く組み合わせて、軽い衝撃を受けている様子の正路に告げた。

「講師の先生方は、百戦錬磨だからね。毎年、色んな生徒さんを見ていて、それぞれのいいところ、危ういところにちゃんと気づいている。自分でも、このこと、気づいていたみたいだね？」

正路は、静かに頷いた。

「メリハリがつけられないっていうのは、凄《すご》くわかります。昔からよく言われるんです」

「ほう？　たとえばどんなときに？」

高梨に問われ、正路は少し宙を見て考えてから答えた。

「中学高校の定期試験のとき、やっぱり成績があまりよくない科目がいくつかあって、担当の先生に呼ばれたことがありました。そのときに指摘されたんですけど」

「うんうん？」

「試験範囲の中で、これが試験に出るんじゃないかってヤマをかけるんじゃなくて、最初からべったりローラー作戦みたいに勉強しちゃうんです。そして、わからない箇所ができると、そこから進めなくなる」

「おや、そりゃ困るね」

正路は、申し訳なさそうに頷いた。

「なので、早くから試験勉強を始めるんですけど、今度は試験前になったら、最初のほうを忘れていて、またやり直していたら……」

「結局、最後まで目を通さないうちに、試験当日になってしまうわけか」

「は、はい。授業の中から、ここが大事、というところを見つけて抜き出して、それを中心に勉強するってやり方、この予備校でも教えていただいて、実践しようと努力はしているんですけど、なかなか難しくて。最初から順番にやっていかないと、不安なんです」

高梨は、初めて少し困り顔をして、軽く椅子の背にもたれ、腕組みをした。

「三つ子の魂百まで、だからねえ。うーん、そりゃ、なかなか大胆な意識改革、行動改革が必要だ。教えるほうも何かいいサポート方法がないか、先生方とお話ししてみよう」

「お……お願いします」

「でも、君も自分の問題点がわかっているなら、改善する努力を怠っちゃダメだよ。人間、無理だと思っていても、継続してやっていれば、何かのタイミングでスルッとできるようになることがあるからね。諦《あきら》めてしまったら、その奇跡のタイミングは絶対にやってこないんだから」

「は……はい」

「今、自分に大事なものは何か。いちばん力を入れてやるべきことは何か。常に考える癖をつけよう。勉強に限らず、ね。まあ、時間はたっぷりあるとは到底言えないけれど、焦っても仕方がないから」

高梨はそう言って、両手で資料をとんとんと揃えた。話を切り上げるのにはいいタイミングだと思ったのだろう、その顔には満足げな表情が浮かんでいる。

「他に、何か話しておきたいことはあるかな？」

それでも律儀に訊《たず》ねてくれた高梨に、いささか申し訳なさを感じつつ、正路は勇気を出して、小さな声で切り出した。

「その、実は……少しだけご相談したいことがあって」

正路が「忘暁堂」に帰り着いたのは、午後六時過ぎだった。

面談の後、いつもは生徒たちで混み合っている自習室が空《す》いていたので、お気に入りの席で、しばらく勉強していたのである。

今の自宅である「忘暁堂」は閑静な住宅街にあるし、小さいながらも自室を与えられてもいるのだが、やはり学習することに特化して設計された自習室は格別だ。

備え付けの英語の問題集を無心に解くことで、面談で波立った気持ちもかなり落ち着かせることができた。

（お店は、司野の大事な仕事場だから。下僕の僕が、ザワザワした気持ちで帰るとよくないもんね）

店の扉の前に立った正路は、バッグからタオルを出して、汗ばんだ顔や首筋をゴシゴシと拭《ふ》いた。

まだまだ外は明るく、気温も昼間からさほど下がってはいない。

Tシャツとジョガーパンツ、それにサンダルというラフな服装でも、暑いものは暑い。予備校のある駅前から数十分歩いただけで、身体の中に熱が籠《こ》もっている感じがするほどだ。

そんな中、「忘暁堂」の小さな出窓に飾られた今月の骨董《こっとう》品は、ガラス製の脚付きの器……パッと見、風変わりなワイングラスかと思いきや、さにあらず。

それは、いわゆる「氷コップ」と呼ばれる品だ。

脚の部分は涼やかなブルー、漏斗のような形状のコップ部分は無色透明で、滑らかな縁のあたりだけが、優しいピンク色をしている。

司野いわく、それは明治から昭和の初め頃、その名のとおり、主にかき氷を食べるために使われていた庶民の日常雑器であったらしい。

今の感覚では、少々量が足りないのでは……？　と思ってしまう小振りなコップだが、今のように冷蔵・冷凍技術が発達していない時代、氷もそれなりに貴重だったのだろうと正路は想像した。

この出窓は、ちょっとしたショーケースのような役目を果たしており、司野は毎月、ここに季節を感じさせるような器物をさりげなく飾る。

司野に客引きの意図はまったくなく、ただ、先代店主の習慣を引き継いだに過ぎないようだ。

それでも、通りすがりに立ち止まって見ていく人は意外と多いし、表向きはこの店の「住み込み店員」ということになっている正路も、今月はどんな器が選ばれるのだろうかと楽しみにしている。

「氷かぁ。まさに今の気分」

口の中で呟《つぶや》いて、正路は重い木製の扉を開いた。

たちまち、扉の上部に取り付けられた、南部《なんぶ》鉄器の火箸《ひばし》たちが触れ合い、涼やかな音を響かせる。

「ただいま帰りました」

いつもの挨拶《あいさつ》を口にして、正路は店に入った。

初めて「忘暁堂」を訪れた人は、誰でも店内の様子に仰天する。一歩踏み込んだところで硬直し、そのままクルリと踵《きびす》を返して逃げ出す人も少なくない。

何しろ、暗い。

今は日没が近づきつつあるので当然といえば当然だが、正直を言うと、朝だろうが昼だろうが、この店はとにかく常に暗い。

古い器物を日光から保護する意味合いがあるのだろう、窓は小さく数が少ない。しかも、照明も愛想ばかりに天井からぶら下がっているだけで、店主の司野は、自ら点《つ》けようとはしない。

店内の空気は埃《ほこり》っぽく、古いものたちが持つ独特の臭気が、ふわっと漂ってくる。

何より、だだっ広いはずの店舗スペースを暗く、そしてこの上なく狭苦しく感じさせているのは、店を埋め尽くす古びた器物の山だった。

山というのは、決して大袈《おおげ》裟《さ》な表現ではない。

年代物の煉瓦《れんが》を埋め込んだ床面は、店舗中央、大人ひとりがようやく通れる幅の通路でしか見ることができない。

通路の両脇には、床から天井に届くほど堆《うずたか》く、壁面まで隙間なくぎっしり、雑多な器物が、実に危ういバランスを保って積み上げられているのである。

グラグラと揺れる器物を警戒しつつ、ただ店の奥へと歩を進めるだけで、テーマパークのアトラクションばりのスリルを味わうことができる。

正路も最初の頃はいちいちおっかなびっくりで通り抜けていたが、今はすっかり慣れて、決して器物に身体を当てないように用心しながらも、通路をそれなりのスピードで歩けるようになった。

通路の先、つまり店舗スペースのいちばん奥には、昭和の産物であろう旧式のレジスターが据えられた長机があり、店主の司野は、往々にしてそこで客の相手をする。

だが今日は、司野の姿はそのさらに奥……店舗よりぐんと床面を高くして設《しつら》えられた茶の間にあった。

十畳ほどの和室である茶の間には、細々した家具の他、丸いどっしりした卓袱《ちゃぶ》台《だい》がある。

司野は分厚い座布団の上に胡座《あぐら》をかき、卓袱台の上で、何か作業中であるようだった。

帰ってきた正路には気づいていないような態度だが、そんなはずはない。妖魔《ようま》の感覚は、正路たち人間より遥《はる》かに鋭い。

おそらく、畳に縫い針を一本落とした音でさえ、たちどころに聞きつけるだろう。

ならば、正路を疎ましく思って無視しているのかというと、そうでもない。

単に、正路に反応する必要性を感じていないので、結果として無視しているような状態になっているだけだ。

そういう司野の、おそらくは妖魔ならではの徹底した合理性を、正路は少しずつ理解できるようになってきた。

悪意がないことがわかっていれば、無反応でいられても特に気にならない。正路には、そういう妙に大らかなところがある。

靴を脱いで茶の間に上がり、正路はもう一度、「ただいま帰りました」と同じ挨拶を繰り返して、もはやこちらも相当薄暗くなっていた茶の間の灯《あか》りを点けた。

卓袱台の真上にあるのは、この小さな家と同様、昭和そのもののクラシックなペンダントタイプの照明で、室内はぱっと温かみのある乳白色の光に照らされる。

そこでようやく司野は作業の手を止めて視線を上げ、正路の顔を見た。

「ただいま。司野が、光なんかなくてもよく見えることは知ってるけど……もう、日暮れだから。僕は暗いと見えないしさ」

灯りを点けた言い訳めいた言葉を口にしながら、正路は司野の傍らに腰を下ろしてみた。

司野は無表情、というよりそれが標準ともいうべき顰《しか》めっ面《つら》で、正路をジロリと見て、何も言わないまま再び手を動かし始める。

「何してるの？」

これも無視されるかと思いながらの問いかけだったが、正路の問いかけに、司野はつっけんどんに答えた。

「見ればわかるだろう。鎖を、解いている」

「鎖？　あ、ああ、チェーン！」

司野の手元を覗《のぞ》き込んだ正路は、ポンと手を叩《たた》いた。

どうやら司野は、金属製のチェーンの絡まりを解こうとしているらしい。

なるほど卓袱台の上には、何がどうなったのかわからないほど絡まり、いくつも結び目ができてしまった、長くて細い金色のチェーンがあった。

「たぶんネックレスだよね、それ。いったいどうしたの？」

正路が訊《たず》ねると、司野は少なからず苛《いら》ついた顔つきで、それでも律儀に答えた。

「引き取った小簞笥《こだんす》の中に入っていた。どう扱うかはまだ決めていないが、とにかくこの忌々《いまいま》しい結び目を解かないことには気が済まん」

「わかる、その気持ち。妖魔もそうなんだね。っていうか司野、もしかして素手で解こうとしてたの？」

驚く正路に、司野は険のある視線と口調で言い返す。

「他にどうしろというんだ？」

「えっと……ちょっと、僕がやってみてもいい？」

「好きにしろ」

どうやら、さんざんトライして、嫌気が差していたところだったらしい。司野はやけにあっさりと、正路のほうへネックレスを押しやった。

「うーん……」

正路は、おっかなびっくりでネックレスに触れてみた。

かなり繊細なチェーンである。金具には、「18K」という刻印があった。

不幸中の幸いで、どこも切れたりはしていないようだが、結び目どうしがさらに絡まって大きな団子のようになっており、事態はかなり厄介そうだ。

しかも、その結び目のひとつひとつが、やけに小さく固く締まっているのに気づき、正路は思わず司野の、不機嫌を煮しめたような、それでもなお美しく整った顔を見た。

「司野、もしかして、ずいぶんチェーンを引っ張った？」

正路にはご主人様を咎《とが》めるつもりなどまったくなかったのだが、どうやら、質問自体がストレートに図星だったらしい。司野は「知らん」と言い放つと、ふて腐れた子供のようにそっぽを向いてしまう。

(絶対、引っ張ったんだ！　でも、妖魔的には、たぶんだいぶ手加減したんだろうな。司野の腕力なら、こんなの簡単にちぎってしまえるだろうし)

何でもできると思いきや、意外なことをやや不得手にしているらしき司野を面白く思いながら、正路は卓上の爪楊枝《つまようじ》立てに手を伸ばした。

その動きに、明後日《あさって》のほうを向いていた司野も、興味をそそられたらしい。

「そんなもので、何をするつもりだ？」

「うーん、たぶんこれでいけるんじゃないかと思うんだよ」

正路はそう言うと、ごくありふれた爪楊枝を二本抜き取った。

そして、まずは一本の、先が丸いほうを下にして、きつく固まった結び目の上から、とんとんとごく軽く叩き始める。

その持続的な刺激で結び目が僅《わず》かに緩むと、今度は爪楊枝の尖《とが》ったほうを結び目の隙間に差し入れ、もう一本の爪楊枝を、チェーンを押さえたり、軽く引っ張ったりと補助的に使いながら、根気強く、丁寧に結び目をひとつひとつ解《ほぐ》していく。

その細やかな手つきに、さすがの司野も、珍しく感心した様子で腕組みした。

「なるほど、そういうことか。確かに爪楊枝の先を使えば、指先より緻密《ちみつ》な動きが可能だな」

「でしょ」

正路は、得意一割、はにかみ九割の独特の笑顔を司野にチラと向けたが、すぐに手元に視線と意識を戻した。

「っていっても、僕が思いついたわけじゃないけどね。昔、母がやってたんだ。祖母のネックレスがこんな風に絡まって、でも老眼だから手元が見えにくくて、余計に酷《ひど》くしちゃったことがあってさ。それを母が、爪楊枝で元に戻してたのを思い出した」

「ほう。鎖を絡まらせてしまうのは、人間どもの習い性か」

「そういうわけじゃないと思うけど。母なんかは、『ネックレスは暇にしておくと、ひとりで遊んで勝手に絡まるのよ。こうして助けてあげないと』って言ってた」

正路が語る母親の冗談に、司野は真顔で応じる。

「お前の母親の鎖は、付喪神《つくもがみ》だったのだな」

「いやいやいや」

正路は、二重、三重の結び目を少しずつ緩める作業を根気よく続けながら、思わず笑い出してしまった。

対照的に、司野は眉間《みけん》に浅い縦皺《たてじわ》を刻む。

「主《あるじ》を嘲笑《あざわら》うか」

「違うよ、そうじゃない。でも、司野が、付喪神なんて言うから意表を突かれちゃって。僕の母のは、単なる冗談」

正路の目は、さっき通り抜けてきた店舗スペースのほうへ向けられる。

茶の間の灯りに淡く照らされた器物の山は、あるものは骨董《こっとう》品、あるものはヴィンテージ、またあるものは古道具と、世間的には、作られた時代や、商品価値によって分類されるものたちだ。

しかし、あまりにも雑多に、無思慮に積み上げられたと見えるそうした器物たちには、ただひとつ、明確な共通点がある。

それは、この店にある器物のほとんどは、「付喪神」であるということだ。

人間に作られ、使われ、長い年月を経た器物の一部には、魂が宿る。一種の妖《あやか》しと化し、命と意志を持つそうした器物のことを「付喪神」と呼ぶらしい。

正路も、司野に話を聞いたときには半信半疑だったが、勝手に店を掃除しようとして付喪神を怒らせ、あやうく殺されそうになるという自業自得の災難に遭い、疑念はすっぱり消えた。

今も、自分たちの話をしていると気づき、司野と正路の会話に興味津々の付喪神たちの「視線」を、店のあちこちからやんわり感じる正路である。

　今のところ、彼らに悪意はないので心配こそしていないが、茶の間が一段高い場所にあることも手伝い、自分が観客に見られている舞台役者のような気持ちになる。

「でも……そうだね。今思えば、あれはただの冗談じゃなく、ものを大切に扱う気持ちがこもった言葉だったのかもしれない。あ、もしかして、このネックレスは付喪神なの？」

　郷里の母のことを思い出しながら訊ねた正路に、司野はあっさり否定の返事をした。

「いや。それは違う。だが、装飾品には、ことさら人間どもの欲や執着、虚栄心が宿り、蓄積する。使い道は色々あるはずだ」

「そういうもの？　僕はアクセサリーなんてつけないからわからないけど」

「たいていの装飾品は、己をよりよく見せるために身につけるものだ」

　司野の断定的な言いように、正路は小首を傾げた。

「うーん、確かに。でも、他の理由もあると思うよ。何かの記念に贈られた大事なものとか、誰かの形見とか」

　だが、司野はやはりバッサリ斬って捨てるように言い返す。

「それとて結局は、他者への執着だ」

「……なるほど。確かに、何かへの、誰かへの想いが宿りそうなアイテムではあるよね。あ、なんか山場は越えたかも」

喋《しゃべ》りながらも小さく爪楊枝を動かし続けていた正路は、明るい声を上げた。

いちばん大きかった結び目の集合体が、個々の結び目に分解できた。あとは、ひとつひとつ、解《ほど》いていけばいいだけだ。

「ふん。そういう地道な作業が得意とはな。少しばかり感銘を受けたぞ」

妖魔《ようま》は嘘をつかないし、お世辞も言わない。司野が「感銘を受けた」と言えば、それは言葉そのままの意味である。

正路は、照れ臭そうに顔をうっすら赤らめた。

たとえ「少しばかり」であっても、これまで司野に褒められることなど、「気」の色と血肉の味くらいのものなので、思いがけない喜びに、鼓動が少し速くなる。

「べ、別に得意なわけじゃないけど、コツコツやってれば、いつかは何とかなるっていう作業は、嫌いじゃないんだ」

「それは、お前の持つなけなしの長所だ。疎《おろそ》かにするなよ」

「なけなしって、確かにそうなんだけど、そこまでハッキリ言わなくても」

苦笑いしながらも、正路はなおも着実に作業を続け、ほどなく、ネックレスは本来の姿に戻った。

「はい、できました」

司野にネックレスを手渡し、正路はニッコリした。

「母の言葉を借りるわけじゃないけど、そのまま置いておくと、また勝手に絡まっちゃうから。どこかに引っかけておいたほうがいいかも。本当は、専用の箱があればいいんだけど」

「お前の言うとおり、掛けておくとしよう。ときに、正路」

司野は自分の指にネックレスを引っかけると、正路をジロリと見た。どうやら、褒めてくれるターンはもう終了したらしい。

ギクリとする正路に、司野は端的に告げた。

「汗臭いな」

「うわッ」

正路は、弾《はじ》かれたように立ち上がった。

いつもは帰宅してすぐシャワーを浴びるのだが、今日はうっかりネックレスを解く作業に没頭して忘れていた。正路は慌てて司野に詫《わ》びる。

「ゴメン、外が暑かったもんだから。司野、人間より感覚が鋭いから、汗臭いのも気になるよね」

司野は指に引っかけたネックレスを遠心力でぶんぶんと回しながら、素っ気なく返事をした。

「別段、気になるわけではない。千年前の人間どもは、なお臭かった」

「ああ……それは、そうかも？」

「ただお前は普段、放つ匂いがごく淡いだけに、汗臭さを感じると、千年前を思い出す。人間の肌に歯を立てたとき、汗の塩気が、今で言うところのサラダのドレッシングのように旨《うま》かったことなどを……」

「わーッ！　ストップ！　そこまでにしよう！」

どこか遠い目と恍惚《こうこつ》とした表情で、千年前、人喰《ひとく》い鬼だった頃の思い出を司野に語られて、正路はさらに焦って両手を振った。

「下僕の分際で、主に黙れとぬかすか」

「ごめんなさい！　だけど、その思い出はあんまり蘇《よみがえ》らないほうがいいんじゃない？　美味《おい》しいものって、思い出すとまた食べたくなるもんだからさ。妖魔も同じかなって。そ、その、これ以上思い出させないように、すぐシャワーを浴びてきます！　以後、気をつけます！」

最後のほうは、幅の狭い、急な階段を上りながらの発言である。

まさに脱兎《だっと》と呼ぶべき正路の後ろ姿を見送り、ネックレスを振り回すのをやめた司野は、つまらなそうに肩を竦《すく》めた。

「ふん。どうせなら、ひと舐《な》め、いや、ひと齧《かじ》りくらいしてやろうかと思ったものを」

そんな物騒極まりない不平をこぼすと、司野は指にかけたネックレスを眺めた。そして、「よくあれを解いたものだ。どんな愚鈍な奴にも、使いどころはあるな」と、しみじみと呟《つぶや》いたのだった。

正路がいつもより念入りにシャワーを浴び、徹底的にさっぱりして階下に戻ると、茶の間には既にいい匂いが漂っていた。

いつものように、司野はエプロンすら着けずに台所に立ち、フライパンで何かを炒《いた》めている真っ最中である。

壁掛け時計を見れば、時刻はもう午後七時を過ぎていた。まさに夕食時だ。

この家で同居を始めてから、司野は朝夕、食事を作ってくれる。

妖魔にとって、人間の食べ物は、人間そのものに比べれば「ないよりマシな栄養源」程度のものらしいが、先代店主夫婦と毎日三食を共にしてきた司野は、今もその習慣を守ることにしているようだ。

「ごめん、司野。何も手伝わなくて」

Tシャツとハーフパンツという軽装になった正路は、裸足《はだし》で小走りに台所へ向かった。

そこそこの広さのある畳敷きの茶の間は、カウンター代わりにもなる背の低い水屋で、台所と軽く仕切られている。今の言葉で言うなれば、「和風ダイニングキッチン」といった趣だろうか。

「構わん」

正路のほうを見もせずにボソリとそう言った司野は、水屋のほうに軽く顎《あご》をしゃくった。

見れば、木製の古い水屋の上にはトレイが置かれ、その上には既に料理を盛りつけた小鉢や小皿が並べられている。

「あ、じゃあ、支度するね」

司野との同居生活も四ヶ月を過ぎ、まだ阿吽《あうん》の呼吸にはほど遠いまでも、決して言葉数が多いわけでない彼の視線や小さな仕草から、ある程度、意図を読み取ることができるようになってきた正路である。

司野の返事は特に期待せず、正路は食卓のセッティングを始めた。

卓袱台《ちゃぶだい》の天板を布巾《ふきん》で綺麗《きれい》に拭《ふ》き、ランチョンマット代わりの大きな折敷《おしき》をそれぞれの席に置いて、その上に食器と箸《はし》を並べていく。

いわゆる古道具の一つである折敷には、以前の持ち主がつけた食器のあとや食べこぼしのシミがそここに残されている。拭いても取れないそれは、一般的に言えば「汚れ」と呼ぶべきものなのだろうが、誰かの暮らしの温《ぬく》もりが蓄積されているようで、正路はよいものだと感じている。

司野も同じ考えだからこそ、顧客から引き取った品々の中に交じっていた折敷を、自宅用に取りのけたのだろう。

（焼き茄子《なす》。水菜と揚げちりめん、プチトマト、それに千切り長芋ともみ海苔《のり》のサラダ。あとは常備菜のしぐれ煮と、いんげんの煮浸し、にんじんとタラコの炒《いた》め和《あ》え。どれも美味しそうだな）

自分が呑気《のんき》にシャワーを浴びているあいだに、司野がこれだけのものを手早く準備したと思うと、改めて頭が下がる思いの正路である。

「おい」

卓袱台の上を見回して正路がニコニコしていると、司野が低い声で呼んだ。

「はーい！」

正路が慌てて立っていくと、司野は、今夜の主菜である豚の生姜《しょうが》焼きを皿に盛り分けているところだった。

生姜と醬油《しょうゆ》が合わさった香ばしい匂いに、正路は思わず生唾《なまつば》を呑《の》む。

生姜焼きといっても、司野は分厚い肉は使わず、豚ロースの薄切りをたっぷりのタマネギ、エリンギと炒め合わせる。むしろ、野菜炒め肉多め、くらいの塩梅《あんばい》だ。

おろし生姜をふんだんに入れ、少し酸味のあるタレはさらっとしていて、山盛りの千切りキャベツとの相性が抜群にいい。

「嬉《うれ》しいな。司野が作ってくれる生姜焼き、大好きなんだ」

正路がそう言うと、司野は、特に何も言わず、頷《うなず》くことすらせずに、さっさとフライパンを洗い始める。

相手が何の反応も示さないのはやや寂しいが、そこで自分が想いを伝えることを諦《あきら》めてしまってはいけない気がして、正路は「ホントだよ?」と念を押してから、皿を食卓に運んだ。

最後に、正路が年代物のガス炊飯器からピカピカの炊きたてご飯を茶碗《ちゃわん》に盛りつけたところで、司野はおもむろに冷蔵庫を開けた。

「まだ何か出すものあった?」

正路の問いかけに答える代わりに、司野がみずから食卓に運んだ小さなトレイの上には、涼しげなガラス製の小さなボウルがふたつ、載っていた。

それを一つずつ互いの前に置くと、司野は分厚い座布団の上にどっかと胡座《あぐら》をかいた。

正路にとって、司野の着席は、夕食の献立はこれですべて、という合図そのものだ。

「司野、今日も晩ごはんを作ってくれてありがとう。いただきます」

正路は座布団の上にひとまずきちんと正座して、司野に頭を下げた。

同居し始めた頃は、正路がこう言うと、「礼など要らん」とムスッとしていた司野だが、それでも正路が決して感謝の言葉を引っ込めないので、どうやらいちいち反応するのが面倒臭くなったらしい。

最近では、不機嫌な顔は相変わらずだが、特に何も言わなくなった。

何も言わないといえば、司野は、決して「いただきます」も「ご馳走様《ちそうさま》」も言わない。そればかりか、「おはよう」も、「こんにちは」も、「こんばんは」も、「ただいま」も、「おかえり」も、「おやすみなさい」も……列挙すればきりがないが、とにかく妖魔《ようま》には、挨拶《あいさつ》の習慣がないらしい。

正路などは、実家の両親や祖父母から「挨拶とお礼は、言っても減るもんじゃないんだから、必ず言いなさい」などと言われて育ったので、ごく自然に口をついて出るのだが、司野にとっては、それはまったく意味のないことに思えるらしい。

(髪型とかファッションとかは現代日本に柔軟にアジャストしてるのに、変なところで頑固だよなあ、司野って)

つくづく不思議に思いつつ、正路は箸を取った。

この数日、予備校の面談のことを思うと食欲が減退気味だったが、どうにか無事に終わらせることができたので、今夜は気持ちよく食事ができそうだ。

すると、正路が料理に箸をつけるより先に、司野はボソリと言った。

「汁物から食え」

いつも、食べ方に対しては特に注文をつけない司野が、珍しく食べる順序を指定してきたことに少し驚き、正路はいったん箸を置いて卓袱台の上を見回した。

「汁物っていうと、さっき司野が持って来てくれた、これだね。あ、冷たい」

司野が最後に運んできたガラスのボウルには、白っぽいスープらしきものがたっぷり入っている。正路の手にすっぽり収まるサイズのボウルは、触れてみると、キンキンに、と表現してもいいくらいよく冷えていた。

おそらく器ごと、冷蔵庫でよく冷やしておいたのだろう。

「冷製スープなんだ。美味《おい》しそう。確かにこれは、冷たいうちにいただいたほうがいいよね」

いただきます、ともう一度言って、正路は木製のスプーンを取り、スープをひと匙《さじ》、口に運んでみた。

さっぱりした、心地よい飲み口のスープだ。

少しとろみがあって、なめらかで、ジャガイモの素朴な味がよくわかる。

調味料は、おそらく塩と胡椒《こしょう》だけではなかろうか。あとから鼻にふわっと抜けるのは、ローリエの仄《ほの》かで上品な香りだ。

吸い口に浮かべられた小さくて丸い葉をひとまずよけて、もうひと匙、重ねてもうひと匙と味わってから、正路は司野の顔を見た。

「美味しい！　ヴィシソワーズっていうんだっけ、これ」

「そんな名は知らん」

自分も、スプーンを使わず直接器に口をつけてスープを飲みながら、司野はこれ以上ないほど愛想のない返事をする。

さすがの正路も呆《あき》れて、「知らないって、司野が作ったんでしょ？」と言い返してしまった。

すると司野は、いかにもつまらなそうに言葉を足した。

「とっても冷たいおじゃがのスープ」

「えっ？」

彫像のように美しい顔と、低くてよく通る声の持ち主が口にするには、あまりにもファンシーな料理名である。

「司野……今、なんて？」

今度はポカンとする正路を軽く睨《にら》んで、司野はスープの名を繰り返す。

「とっても冷たいおじゃがのスープ。そのような名の汁物だと、俺は聞いている。夏になると、ヨリ子さんがよく作っていた。自慢料理だったらしい」

「……ああ！」

正路はようやく納得して、飲みかけのスープをしげしげと見た。

ヨリ子さんというのは、先代店主である「大造《だいぞう》さん」の妻の名である。

不思議な縁で司野と知り合い、彼を妖魔と知らぬまま、我が子のように世話を焼き、店まで継がせてくれたその老夫婦のことは、さすがの司野もとても大切に思っているらしい。

今は亡き二人のことを話すときは、司野の表情も声音も明らかに和らぐことに、正路は出会ってすぐの頃、既に気づいていた。

今も、片手に持ったボウルを眺める司野の口元には、滅多に見せない淡い微笑が浮かんでいる。

「このスープは、絶対にこの器で出すと決めていた」

「綺麗《きれい》な器だよね。淡い緑色で」

「萩《はぎ》ガラスの器だそうだ。ヨリ子さんが、このスープのときだけ、戸棚から恭しく出してきた。我が家の味を引き継げと、よく作るのを手伝わされたものだ」

「どうやって作るの？　ジャガイモはわかるけど、それ以外に何が入ってるんだろう」

すると司野は、当時を思い出すように、台所にチラと目をやった。

「普段は普通の葱《ねぎ》やタマネギを使っていたくせに、このスープのときだけは、ポロ葱をわざわざ買ってきていたな」

「ポロ葱！　あの、太いやつだね。オシャレだな。僕、買ったことないよ」

頷いて、司野はまたスープを一口啜《すす》った。

「鍋《なべ》に油を熱して、まずは刻んだポロ葱にびっしょり汗を掻《か》かせるのだと、ヨリ子さんは言っていた。要は、葱から水分が出るまで炒《いた》めるということだ」

「理論的……！」

「次に小さく切ったジャガイモを入れてまた炒め、鶏《とり》の出汁《だし》で煮込む。ローリエは一枚入れる」

「ふむふむ」

「野菜がやわらかくなったら、ローリエを捨てて、牛乳を足し、ミキサーにかけ、裏ごしする。あとは冷蔵庫で冷やすだけだ。仕上げにこの葉を浮かべるのも、ヨリ子さんの流儀だった」

「蓮《はす》の葉みたいで、可愛いよね。この葉っぱは何？」

「ナスタチウムだ。ヨリ子さんが、いつも庭のプランターで育てていた。昼間、外を見たらまだこぼれ種で生えていたから、ちぎってきた。若い、小さな葉を浮かべるんだ」

「ふーん。ナスタチウム……初めて食べる。あ、ちょっとピリッとするね」

「スープが穏やかな味だから、吸い口に少しの刺激が夏らしくていいんだ、と言っていた」

「なるほど。ヨリ子さんは、ほんとにお料理上手だったんだな。司野が作ってくれるご飯、だいたいヨリ子さんのレシピだって言ってたもんね」

正路がしみじみとそう言うと、司野も軽く頷《うなず》いた。

「レシピというより、手伝っているうちに勝手に覚えた」

「そっか。ヨリ子さんのお体が不自由になってからは、司野が教わりながら作ってたって言ってたっけ」

「ああ。俺の主《あるじ》でもないくせに、台所の踏み台に腰を下ろして、ああしろこうしろと口うるさく指図していた」

「あはは、ヨリ子さんと会ったことはないけど、何となく想像できる」

「勝手に想像などするな」

司野はスープを飲み干し、空っぽのボウルを両手で持って眺めながら、どこか懐かしそうな口調で言った。

「この家に居候を決め込んだ最初の頃、出汁をとるための煮干しの下処理を手伝えとヨリ子さんに言われたことがあった」

たまに気が向いたとき、司野はこうして、昔の話を言葉少なに語る。それをとても楽しみにしている正路は、思わず軽く身を乗り出した。

「それって、頭のところからこう、エラを外したり、はらわたのところをちぎったりするやつ？　僕もよく手伝ったよ、祖母が台所の主だった頃。母は出汁パック派だから、そんなこと、ずっと忘れてた」

　正路が、煮干しのはらわたを取る仕草をしてみせると、司野は瞬《まばた》きで頷いた。

「あんな小さな魚を一尾ずつ処理するなど馬鹿げている、無駄なことだと、俺はすぐに癇癪《かんしゃく》を起こした。こんなことに何の意味もなかろうと」

　さっきのネックレスの一件を思いだし、正路はこみ上げる笑いを危ういところで引っ込めた。

（落ち着き払ってるから、根気の要る作業は何となく得意そうに見えるのに、意外なほど短気でダメなんだな）

　そんな正路の感慨をよそに、司野は遠い記憶を淡々と語った。

「そうしたら、ヨリ子さんは、黙って二種類の出汁を取って俺に出した。きちんと処理した煮干しで取った出汁と、何もしなかった煮干しで取った出汁だ。確かに、違っていた」

「わざわざ、実食で教えてくれたんだ。どんな風に、違ってたの？」

「あきらかに、何もしなかった煮干しの出汁には、雑味があった。処理済みの煮干しでとった出汁は、澄んでいた」

「澄んでる出汁のほうが、美味《おい》しかった？」

興味津々の正路の質問に、司野は少し考え、それから真面目な顔で答えた。

「旨《うま》いというより、好もしいと感じた」

「このも……しい？　好き、そっちのほうがいいってこと？」

「ああ。雑味は、ときに味に重層感を与える。必ずしも悪いものとは限らんが、そのときの雑味の主体は、生臭さだった」

「ああ！」

わかる気がする、と正路が言いかけたそのとき、司野はやはり真剣な面持ちのままでこう続けた。

「干した魚の臓物の生臭さは、どうにも不快だった。千年の昔、まだ力の弱い妖《あやか》しだった頃に貪《むさぼ》った、屍肉《しにく》の臭気を思い出した」

「ひっ」

「あの頃は、選択の余地がなかったからな。生きるために何でも喰《く》らった。だが、今は違う。俺は、新鮮な人間の血肉の生臭さはむしろ快いものだと思うが……」

「待って。本日二度目だけど、その話題からできるだけ遠ざかろうよ」

うっかり「わかる気がする」と言わなくてよかったと思いながら、正路は慌てて再び箸《はし》を取った。

「ほら、せっかく美味しいご飯の最中なんだし、どうせなら、今は目の前の料理の味の話をしよう？」

「……ふん」

話の腰を折られて、司野はいささか気を悪くした様子を見せる。

それでも彼とて、亡き主、辰冬にかけられた「呪《しゅ》」によって、人間を襲って喰らうことを禁じられているだけに、口にできない「ご馳走《ちそう》」のことを考え続けるのは気が進まないのだろう。

生姜《しょうが》焼きを大口に頬張ってから、彼はボソリと付け足した。

「あれ以来、人間のやることの少なくとも一部には、意味があるのだと思うことにした」

生姜焼きをご飯に載せて、さて食べようとしていた正路は、少し驚いて目を瞠《みは》った。

「一部には？」

「人間どもがやる多くのことは、無駄が多すぎる。無意味に過ぎる。あるいは、まったく理論的ではない」

あまりにも辛辣《しんらつ》なコメントを発して、司野は数秒沈黙し、そしてこう言った。

「たとえば、国ごとに使う言語が違うなどというのは、無駄の最たるものだろう。とっとと統一すれば、誰もがひとつの言語を覚えるだけで済む。翻訳による齟齬《そご》もなくなる。何故、人間どもは早くそうせんのか、俺にはまったく理解できん」

司野の口から飛び出した極論に、正路は困り顔で生姜焼きを載せたご飯を一口頬張り、じっくり味わって咀嚼《そしゃく》し、嚥下《えんげ》してから躊躇《ため》いがちに口を開いた。

「それは……確かに素晴らしく合理的な考えだと思うけど、みんな、自分の母国語には愛着があると思うから。どれか一つだけの言語に絞ろうとしても、それをどれにするか決めるのは、なかなか難しいんじゃないかな」

「そういうものか？　意味が通じれば、言語など何でもいいと思うが」

「少なくとも、僕は日本語が好きだし、ずーっと母国語として喋《しゃべ》り続けていたいと思うよ」

「ふん。お前も、くだらん執着を持つ人間のひとりというわけか」

「ええ。まさか、日本語を好きなだけで、そんなにディスられるとは思わなかった」

さすがに少し落ち込む正路に、司野はもりもりとワイルドに、そのくせどこか上品に食事を平らげながら、いかにもさりげない様子で言った。

「ときに、正路。お前、学校で英語を学んでいるな？」

言語の話がまだ続くのかと、正路はややビクビクしながら答えた。

「うん。一応、中学からずっと。受験の科目にも英語はあるから、今の予備校でも」

すると司野は、さも当然といった様子で正路にいきなり命じた。

「なら、明日《あした》の午後は家にいろ。そして、客が来たら英語を喋れ」

「は⁉」

正路はびっくりして、茶碗《ちゃわん》と箸を持ったまま動きを止める。

「今、何て？　どういうこと？」

司野の命令が理解できず、戸惑う正路に、司野は、いかにも愚鈍な人間を相手にしているると言いたげな口調で答えた。

「顧客の紹介で、明日の午後、英国からの客が来る。まあ、俺の客になるかどうかはまだわからんが、俺は英語など知らん。応対はお前に任せる」

話の流れをようやく理解し始めた正路の顔から、たちまち血の気が引いていく。

「え……待って、イギリスから来るお客さんに、僕が英語で話を聞くってこと⁉」

「そう言っている」

「そ、そんな無茶な！」

「何故だ。たった今、お前が自分で、ずいぶん長く英語を学んでいると言ったばかりだぞ。何も困ることはあるまい」

むしろ、正路の動揺が理解できない様子で、司野は形のいい眉《まゆ》を軽くひそめる。

早くも半泣きで、正路は弁解した。

「いや、待って。確かに英語の授業はずっとあったし、文法だけじゃなく、英会話だって少しは習ったけど……」

「ならばやれるだろう」

「違うんだって。文法がわかって文章が書けるようになるのと、そこそこいい感じの発音ができるようになるのと、ペラペラ英語でお喋りできるようになるのは、全部全然違う話で……。ああもう、さっきの司野じゃないけど、どうして世界の人がみんな、ひとつの言語を喋ってくれないんだろう！　いやあの、ホントに無理だと思うんだけど」

あまりのことに、さっき反論したばかりの司野の意見に同意してしまいつつ、正路の声には、早くも諦《あきら》めの色が滲《にじ》んでいる。

こういうとき、言い出したら聞かないのが司野である。いくら正路が「英語など話せない」と言い張ったところで、決して聞き入れてはくれないだろう。

「無理でもやれ」

案の定、ご主人様の「命令」には、それ以上正路が食い下がる余地などない。

(どうしよう。インターネットで検索したら、骨董屋《こっとうや》さんのビジネス例文集とか、見つかるかな。付け焼き刃もいいとこだけど、何もしないよりはマシかも)

司野の視線に晒《さら》されつつ、イギリスからの客人を英語でもてなす自分の姿を想像しようとすると、血の気がさあっと引いて、みるみるうちに食欲が減退していく。

「ああ……せっかくの生姜焼きなのに、味がわからなくなっちゃった」

思わず嘆きの声を上げた正路に、こちらは「ザ・平常心」と呼びたいくらい冷ややかな顔つきの司野は、「早く食ってしまえ」と、無愛想に言い放ったのだった。

二章　まれびと来る

　翌日、午後一時四十五分。

　いつものように卓袱台《ちゃぶだい》に向かって座し、悠然と抹茶茶碗の金継ぎ作業をしていた司野は、ふと手を止め、煩わしそうに一喝した。

「俺の視界でウロウロするな。気が散る！」

「えっ、あ、ごめん！」

　店には司野と正路しかいないので、司野に叱責《しっせき》されるとすれば、それは間違いなく自分である。

　正路は慌てて謝りながらも、弁解じみた口調で言った。

「なんだか落ち着かなくて、じっとしていられないんだよ。一応、できる範囲は掃除したし、エアコンもいい具合に効いてるし、こんな感じで大丈夫だよね」

　何を言っているのかと咎《とが》めるように、司野は正路をジロリと睨《にら》む。

「うう……そうだ、服装は本当にこれでいいの？　スーツは大袈裟《おおげさ》としても、せめてワイシャツにネクタイくらいのほうがよくない？　っていっても、僕、ワイシャツもネクタイも、高校の制服のやつしか持ってないんだけど」

「いい加減にしろ。お前ごときが退屈した熊のようにウロウロしたからといって、何ひとつ変わらんぞ」

朝からずっと落ち着きのない正路に、どうやら司野は黙って相当に辟易《へきえき》していたらしい。ついに低く舌打ちまでして、司野は吐き捨てるように言った。

「お前がめかしこむことに、何の意味がある。そもそも何故、今日に限ってそんなに余計な気を回すんだ」

正路は、叱られ坊主のしょんぼり顔で、卓袱台の近くに正座した。

「だって……海外からの、しかもイギリスからのお客様だよ？」

「だから何だ。遠方から来る客なら、他にいくらでもいる」

「それはわかってる。この前は、札幌《さっぽろ》から来てくださったお客様もいたよね。ちゃんと覚えてるよ。だけど、海外は初めてだし、しかもイギリス……」

「イギリスがどうした」

端整な顔じゅうで「意味がわからない」と苛《いら》つく司野に、正路は自分のスマートホンを片手に持って示した。

「学校の英会話の先生はアメリカの人ばかりだったから、僕、イギリス人に会うのは初めてなんだ」

「だから？」

怪訝《けげん》そうな司野に、正路はかしこまったまま、それでも弁解を試みる。

「イギリス人ってきちんとしてるってイメージがあってさ」

「勝手な偏見だな。一国に住まうすべての人間の特性を一括《ひとくく》りにするとは、乱暴に過ぎるとは思わんのか」

「そうかもしれないけど！　でも僕、イギリスのアンティークショップを検索してみたんだよ。そうしたら、スーツをビシッと着こなした上品なジェントルマンがお店にいる画像がいくつも出てきて……」

「そんな店ばかりとは限るまい。そもそも、たとえイギリスの店がそうであろうと、ここは日本だぞ」

「でも」

「よそはよそ、うちはうちだ」

「……フッ」

不安げな面持ちから一転して噴きだした正路に、司野はムッとした顔つきになる。

「何がおかしい」

正路はこみ上げる笑いを抑えることができないまま、慌てて謝った。

「ごめんなさい。でも、まさか司野から、そんな駄々っ子を叱るお母さんみたいなコメントが飛び出すとは思わなくて、不意を突かれちゃった」

「今のお前は、まさに駄々っ子だがな。道理の通らんことばかり言って、取り越し苦労をしている。イギリスから来ようが月から来ようが、俺は、客の扱いに差をつけるつもりはないぞ」

司野の言葉は厳しいが、いったん笑ったおかげで、正路の気持ちはずいぶん落ち着いた。ようやく、司野の苦言もスッと胸に入ってくる。

「そうか。そうだよね。うん、わかった。いつもどおりお迎えしよう。ああでも、英語……。英語だけは頑張って喋《しゃべ》らないと。失礼がないように」

正路は正座のままで、スマートホンを操作した。昨夜、検索してブックマークしておいた「実践英会話」のサイトを見て、小さな声で挨拶《あいさつ》文を読み上げ始める。

それを見て、司野は鼻で笑って作業を再開した。

「そう怯《おび》えずとも、挨拶くらい、どうにでもなるだろう」

「うう、だったら」

「だったら、何だ？」

「……なんでもないです」

だったら、いっそ司野が応対してほしい……という言葉を、正路はぐっと呑《の》み込んだ。

（いつも、下僕っていうわりに、あんまり役に立ててないんだから、このくらいは）

そんな切実な思いが、もとから生真面目な性格の正路を、さらに神経質にさせているのである。

そんな正路をさらに追い立てるように、茶の間の時計が午後二時を知らせた。客人との約束の時刻だ。

「時間だ。日本のどこかでは、約束の時刻より五分くらい遅れていくのが礼儀とか聞いたことがあるけど、イギリスはどうなんだろ」

「知らん」

司野の返答は、相変わらず素っ気ない。

「店の場所、わかるかな。地図アプリとか使えば大丈夫だとは思うんだけど、外で待ってたほうがいいかな」

「……好きにしろ」

とりあえずの作業を終え、欠けたパーツを固定した抹茶茶碗《ぢゃわん》を専用の木箱に収めながら、司野はやはり投げやりに言い返す。

「じゃあ、ちょっとだけ外に出てみるね」

司野に止められなかったので、正路はとりあえず茶の間から店に下り、サンダルをつっかけて、入り口へと向かった。

しかし、彼が通路の中程まで来たところで、店の扉が静かに開いた。

南部鉄器の火箸《ひばし》が奏でる涼やかな音と共に姿を現したのは……ひとりのまだ若い白人男性だった。おそらく、三十歳そこそこだろう。

身長は百七十センチ強、骨太だが肉付きの薄い、撫《な》で肩が特徴的な身体を、仕立てのいいダークブルーのスーツで包んでいる。

ワイシャツは潔い白、ネクタイの柄は日本人にはやや派手に映るが、堂々と着こなしている上、とても似合っていると正路は感じた。

明るい金髪を短く整え、綺麗《きれい》に髭《ひげ》を剃《そ》っていて、とても清潔感のある雰囲気の人物だ。

顔立ちは俳優のようにとまではいわないが、それなりに整っていて、何より明るいブルーの瞳《ひとみ》が印象的である。

全体的に「爽《さわ》やかできっちりしている」という言葉を体現しているようなその姿を見るなり、正路は思わず振り返って茶の間のほうを見た。

(ほらー！)

さすがに来客を茶の間から見下ろすわけにはいかないと思ったのか、司野はちょうど、店に下りて来るところだった。

(だから言ったのに！　お客さんのほうが、パリッとスーツでキメてきちゃったじゃないか！　っていうか、司野はノーネクタイでもワイシャツを着てるからいいとして、僕なんてポロシャツだよ……)

やはり少しなりともドレスアップしておけばよかったと後悔しても、後の祭りである。

とにかく挨拶しなくてはと、正路は動揺しながらも客人のもとへ歩み寄った。

男性は、堆《うずたか》く積み上げられた器物の山に圧倒された様子で、キョロキョロと店内を見回している。

「グ、グッド・アフタヌーン！　ウィー・ハブ・ええと、ビーン・エクスペクティング・ユー」

こんにちは、お待ちしておりました……という、ついさっきまでサイトで確認しながら練習していた「いらっしゃいませ」代わりのフレーズを口にして、正路は男性に向かってペコリと一礼した。

せっかく英語で挨拶したのだから、そこは握手といくべきだったのかもしれないが、そういう習慣がないので、咄嗟《とっさ》に手を差し出すことができなかったのである。

かっちりしたアタッシェケースを提げた男性は、正路の深々としたお辞儀に戸惑う様子もなく、自分も軽く礼を返して口を開いた。

「こちら、『ボウギョウドウ』さんで、合っておりますでしょうか？」

弾《はじ》かれるように頭を上げた正路の口から、ファッ、と奇妙な驚きの声が漏れる。

男性の口から出たのは、日本語だったのである。

さすがに店名についてはたどたどしく、ほんの少し言い回しが微妙ではあるが、さっきの正路の英語よりは遥《はる》かに流暢《りゅうちょう》で聞き取りやすい。

「あ……は、はいっ、そうです！」

狼狽《ろうばい》しながらも正路が肯定すると、男性はさらに質問をした。

「それでは、あなたが、タツミ・シノさんですか？」

「あ、い、いえ、ノー、です！　それは僕ではなく……その、こちらへどうぞ、プリーズ！」

相手が日本語を話せるのだから、もう英語を喋ろうと努力しなくていいのだが、そこはすぐに気持ちを切り替えることができず、正路は中途半端に英語を交ぜて喋りながら、アワアワと両手を無駄に振りつつ、店の奥のほうへと男性を誘《いざな》う。

そんなからくり人形のような正路の仕草を面白そうに見やり、器物に触れないように用心して、男性は慎重な足取りで、正路について通路を進んだ。ピカピカに磨かれた革靴が古い煉瓦《れんが》の床を踏むたび、軽快な足音がする。

司野は、いつも他の顧客に対してするように、長机越しに男性に相対した。

「ああ、あなたが、タツミ・シノさん？」

司野の顔を見て、男性は少し安堵《あんど》した顔つきになった。

「忘暁堂亭主、辰巳司野です」

一応、店の客には最低限の敬語を使うことにしているらしき司野は、短く自己紹介して、名刺を手にした。

男性もすぐに金属製の名刺入れを取り出し、二人は実にスムーズに名刺交換をする。

（妖魔《ようま》とイギリス人が、日本式のお作法で名刺交換してる……しかも当たり前みたいな顔で。っていうか、わざわざ名刺を作ってきたんだろうか、この人。イギリス人はたぶん、名刺交換なんてしないよね……？　するのかな）

傍らで見守る正路が、この奇妙な面白さを分かち合う人が誰もいないことを心密《ひそ》かに残念に思っていると、さっさと座った司野は、男性が差し出した名刺を見て、表情を硬くした。

「クリストファー・セルウィン……？」

男性は、にっこりして頷《うなず》く。クリーンという言葉がぴったりの笑顔だ。

「はい。クリストファー・セルウィンと申します。ロンドンから来ました」

（セルウィンさんていうんだ。本当に、ロンドンから……）

感心しつつ、とりあえず当初の「英語で応対」する役目を果たさずに済みそうなことに心底ホッとして、正路は長机を回り込み、司野の横に立った。

しかし司野は、訝《いぶか》しげに名刺と、セルウィンと名乗る男性の顔を交互に見た。

「俺が徳山《とくやま》氏から紹介された人物とは、まったく違う名だな」

いったい何者だと言いたげに、司野は眼光鋭く、目の前の男を見据える。普通の人なら気圧《けお》されるような強い視線だが、男性……セルウィンは、笑顔のままで頷いた。

「はい。トクヤマ様からご紹介いただきましたのは、わたしの雇い主、ジョンストン卿《きょう》です。わたしは、彼の秘書です。本日は、代理で参りました」

それを聞いて、司野の視線から警戒の色が若干薄れた。

「ジョンストン。確かに、俺が聞いたのはその名だ。で、あんたはそのジョンストン卿の代理だと？」

「はい」

セルウィンは愛想《あいそ》良く答えたが、司野は顰《しか》めっ面《つら》で数秒黙り込み、それからいきなりこんなことを言い出した。

「確か、『ボヘミアの醜聞』では、ボヘミア王本人が依頼に訪れたと記憶しているが。あんたの雇い主は、国王より偉いとみえる」

「ちょ、し、司野」

あっという間に敬語をかなぐり捨ててしまった上、正路には司野の話の内容がよくわからないが、口調からしてどうにも剣呑《けんのん》である。

正路は慌てて司野を窘《たしな》めようとしたが、セルウィンのほうは、むしろ嬉《うれ》しそうに、青い目を輝かせた。

「おお！ 我が国が誇る小説家、コナン・ドイルの『シャーロック・ホームズ』のお話ですね。確かに、そのとおりです。あなたには、たいへん失礼です。申し訳ないです」

「！」

正路は思わず司野の横顔を見た。

(司野、「シャーロック・ホームズ」なんて読むんだ！ 知らなかった)

日頃から、司野がよく本を読んでいるところは見かけるが、それはたいてい古文書の類《たぐい》か、古典ばかり。新しくても、夏目漱石《なつめそうせき》を読んでいるのを見たくらいだ。

てっきり、「忘暁堂」の仕事に関係するものしか読まないのだろうと思い込んでいた正路は、妖魔のご主人様が実はシャーロッキアンであるらしいという予想外の事実に、すっかり驚かされてしまった。

(しかも、それをイギリス人とのやりとりで咄嗟に持ち出せるなんて。凄《すご》いな、司野)

もしかして、「英語がわからない」というのも、単なる妖魔ジョークなのかもしれない。そんな疑念すら抱き始めた正路をよそに、セルウィンは机越しに突っ立ったまま、丁寧な説明を試みた。

「本当はジョンストン卿が来るべ……うかがうべき、なのですが、耳が生まれ……てき？　的に？」

「もしかして、生まれつき、ですか？」

「ああ、それ、それです。すみません、日本には子供の頃に親の仕事で十年住みましたけど、わりと忘れましたね。もっと覚えていると思っていました。残念です」

正路の助け船を嬉しそうに受けて、セルウィンは話を続けた。

「耳が生まれつき弱くて、飛行機に耐えられないので。仕方ない」

なるほど、驚くほどきちんと尊敬語と謙譲語を使っているが、ところどころでカクンと躓《つまず》くような小さな間違いやラフな言い回しが出たりするのは、日本を離れてそれなりの年月が経ってしまったせいなのだろう。

（とはいえ、僕の英語に比べたらペラペラのペラだし、間違いだってご愛敬レベルだ。外国語が喋《しゃべ》れるって、凄いことだな）

改めて感心しつつ、司野がひとまずセルウィンの存在に納得した様子なのを見てとり、正路はそっと客人に椅子を勧めた。

「では、失礼しま……して」

セルウィンが、店の品物同様、こちらも年代物の木製の椅子に腰掛けるのを確認してから、正路は「お茶を煎《い》れてくるね」と司野に囁《ささや》き、茶の間に上がった。

小さい家で、BGMもないので、台所に立っていても、二人のやり取りはちゃんと聞き取れる。

「で？　ロンドンくんだりから、俺の顧客である徳山氏に繋《つな》ぎを頼んでまで、何の用だ？」

（司野……！　いくら代理の人だとわかったからって、一応お客さんに「何の用だ」はないよ。大丈夫かな。セルウィンさん、怒り出しちゃわないかな）

司野の問いかけに、二人分の茶器を用意しながら、正路は心配で、つい二人のほうをチラチラ見てしまう。

ずっと笑顔を崩さなかったセルウィンも、ここまで荒っぽい扱いを受けるとは思っていなかったのだろう。少しだけ鼻白む様子を見せつつも、やはり丁寧に、まずは司野に顧客の情報を提供しようとした。

「わたしの雇い主のジョンストン卿は、伯爵で……ええと、貴族、ですね。今、イギリスとアイルランド、それにEUで、生活雑貨の店をやっています。経営者で、トップデザイナーです。とても人気があります。何しろ、オシャレなので」

「ほう」

司野は興味がなさそうなことが明らか過ぎる、実に雑な相づちを打つ。

正路には、それが司野としては最上級に相手に気を遣っている証拠だとわかるが、セルウィンはそうではないだろう。

（僕、ちょっと行って、英語じゃないけど聞き役くらいはしたほうがいいかな）

正路は思わず店のほうへ足を滑らせかけたが、セルウィンは誇らしげに雇い主のキャリアを語り続けた。

「何年か前から、自分が趣味で集めたアンティークの販売や、古い物件のリノベーションも手がけていて……たいへん大きい商売です。つまり、全部、たいへん人気です。やっぱり、お店もリノベーションも、その……とってもオシャレなので！」

（つまり、凄くやり手でセンスがいいんだな。オシャレって二回言ったもんね）

「トクヤマさんは東洋のアンティークにとっても詳しくて、その縁でジョンストン卿とシンコーが深く」

（親交、か。仲良しってことだね。そして、その徳山さんが、司野の馴染《なじ》みのお客さん、と。僕はまだお会いしたことがないけど、東洋のアンティークに詳しいって、やっぱり学者さんみたいな人なのかな）

正路が勝手にイメージを膨らませていると、気のない様子で、それでも彼にしては根気よく話を聞き流していた司野が、ハッと小馬鹿にしたように笑った。

「あの男が、東洋のアンティークに詳しい、だと？」

司野の冷淡な反応に、セルウィンはギョッとした様子で口を噤《つぐ》む。机の下とはいえ、司野は長い脚を組み、横柄な態度で言い放った。

「まあ、そうだな。『詳しい』というのが、金目のものを見抜く能力を指しているなら、あんたの言うとおりかもしれん」

「カネメのもの、ですか？」

キョトンとするセルウィンに、ちょうど大急ぎでお茶を運んできた正路は、控えめに説明を試みる。

「えっと、高い値段のつく品物、ってことです」

「ああ！　なるほど。それは素晴らしい、こと、ですね？　アンティーク・ディーラーにとっては、フカケツ、な」

アンティーク・ディーラーを見事なクイーンズ・イングリッシュで発音するセルウィンに、司野はやはり冷ややかに同意した。

「商売人としては、確かに不可欠な能力かもしれん。だが、それだけでは足りんぞ」

「足りない？　他に、何が必要ですか？　美しいと思う気持ち？　それは、アンティークを扱う人間ならば、当たり前に持っていると思いますが」

セルウィンは小首を傾げつつ、礼儀正しく言葉を返す。

司野の高圧的な態度に臆《おく》しない彼の度胸に舌を巻きつつ、正路は二人の前に緑茶の湯呑《ゆの》みをそっと置いた。そして、邪魔をしないように司野の背後に静かに立つ。

「器物の、本質を見抜く目だ」

司野は、端的に持論を語った。その言葉をしばらく噛《か》みしめるようにしてから、セルウィンは慎重に問いを発した。

「本質、というのは……？　ニセモノ、ホンモノということですか？」

「違う」

司野は立ち上がると、店内に堆《うずたか》く積まれた器物の中から、何かを無造作に引き抜いて戻ってきた。

（あのぐらんぐらんのバランスを崩さずに一つだけ抜き取るって、リアルジェンガの天才だな、司野！）

妙な感心をしつつ、正路は司野が長机に置いたものを見た。

それは、仏像だった。

高さは三十センチメートルほどだろうか。木彫で、もとは何か表面に塗装されていたようだが、今はほとんど剝《は》げてしまい、いくつか大きなひび割れや欠けがある。

仏教についての知識が乏しい正路には、それが菩薩《ぼさつ》なのか如来なのかすらわからないが、とにかく、ボディラインはなだらかで、身体を包む衣のひだが実に美しく彫りこまれている。

全体的に哀れな状態ではあるが、穏やかな微笑を浮かべたその顔には、どこか心惹《こころひ》かれる魅力があった。

「おお、わたしはあまり詳しくないのですが……ブッダ？」

「では、ない。だが、そんなことはどうでもいい。これは、あんたの雇い主のお仲間、徳山氏が、目当ての仏像を手に入れるために、抱き合わせで買わされた仏像の中の一体だ。明らかに、美術工芸品としての金銭的な価値は低い。何より状態が悪すぎる」

「そう、ですねえ。ムシクイも、たくさんありますし。これを部屋に置きたいカスタマーは、いないでしょうね」

気の毒そうに、セルウィンは同意する。司野は、淡々とした調子で言った。

「徳山という男は、目当ての仏像さえ手に入れられれば、抱き合わせの仏像など安く売りさばけばいい、何なら捨ててもいいとさえ思っていた。だが、いつしか『付喪《つくも》神《がみ》』となっていたこの仏像は、彫り手が込めた祈りを気にも留めず、己を蔑《ないがし》ろにする持ち主たちへの恨みを溜《た》め込んできたんだろう。その恨み憎しみが、徳山の仕打ちでついに爆発した」

司野が発した「付喪神」という言葉に、正路はハッとした。

（この人も……そっち方面のお客さんなんだ？）

この「忘暁堂」は、先代店主の時代は、ただの骨董品《こっとう》と古道具を扱う店だったという。

だが、司野の代になって、その表向きの商売とは別に、裏の、そして今や主力となっている業務が生まれた。

それこそが、「付喪神」を取り扱うビジネスである。

今、この店にある、いや、いる、大量の器物たちは、皆、長い年月を経るうちに、魂を得て、妖《あやか》しの一種と化したものばかりだ。それを司野は、「付喪神」と表現している。

こうした「付喪神」たちは、持ち主と相性がよく、自分たちが望む方向性で大切にされさえすれば、持ち主を守護し、幸運をもたらす。

だが、互いに気が合わなかったり、あるいは粗略な扱いを受けたりすれば、「付喪神」たちは怒り、持ち主に祟《たた》りをなす。ときには、持ち主の命にかかわるようなトラブルを引き起こすこともある。

司野はそうした「付喪神」を引き取り、人間に危害を与えにくい、力の弱いものについては、相性のよさそうな顧客を見繕い、丁重に扱うことを条件に譲渡している。

司野曰《いわ》くの「付喪神の斡旋業《あっせんぎょう》」、正路は心の中で「ラッキーアイテム紹介業」と呼んでいる仕事だ。

今、店内に堆く積まれた器物たちは、そういう相性のいい新たな主《あるじ》の登場を、ここで仲間たちとくつろぎながら待っている状態なのである。

ただ、「付喪神」の中には、迂闊《うかつ》に強い力を持ち、人間に対して深い恨みや怒りを抱いているものもある。そうした「付喪神」をやむなく退治することもまた、正路が知る限り、司野にしかできない商売である。

(セルウィンさんは、「付喪神」を知っているんだろうか)

正路の心配をよそに、セルウィンはぱっちりした青い瞳《ひとみ》をたちまち輝かせた。

「おお、『ツクモガミ』! ジョンストン卿《きょう》から、その言葉、習ってきました。では、このブッダ……スタテューは、『ツクモガミ』なのですか?」

「かつて『付喪神』だったものだ。今は抜け殻だがな。捨てるには哀れで、うちに引き取った。いつか、ただの仏像として欲しがる奇特な人間が現れるやもしれん」

「オウ……?」

首を傾げるセルウィンに、司野はこともなげに言った。

「徳山が、紹介者を介して俺に泣きついてきたとき、奴はこの仏像に呪い殺されかけていた。前の持ち主に邪魔者にされ、徳山にも二束三文で引き取られ、ゴミ同然の扱いを受けたんだ。怒るなというほうが無理だろう」

「呪い、殺す、とは? こんなスタテューが、どうやって、人間を殺すのですか?」

怪談をせがむ子供のようなセルウィンの問いかけに、司野は暗い眼差《まなざ》しで言葉少なに答える。

「人間は、恐怖で死ねる生き物だ。壊そうとしてもかわされ、遠ざけても捨てても必ず戻ってきて、日夜を問わず殺意と憎しみを示し続けられれば、それだけで追い詰められる。『付喪神』は、決して諦《あきら》めることをしない。呪い、恨むのに倦《う》むこともない。いったん怒らせれば、相手の命を奪うまで、ただひたすらつきまとい、呪いをまき散らす」

ごくり、と正路とセルウィンの喉《のど》が同時に鳴った。

セルウィンのそれはおそらく想像からくる恐れだろうが、正路の感じる恐怖は、みずからの経験から来るものだ。

司野の下僕になって以来、正路は一度は自分のミスで「付喪神」に殺されかけたし、それ以外でも何度か、司野がそうした物騒な「付喪神」を処理する場面に立ち会い、少しばかりの手伝いをしてきた。

司野のあっさりした言葉が思い出させるその時々の恐怖と悲しみのようなものが、正路の胸にこみ上げてくる。

「なんなら、多少痛めつけて落ち着かせ、この店の『付喪神』たちの仲間入りをさせてやろうと思ったが、この仏像に宿る荒ぶる魂は、もはや鎮める術《すべ》がなかった。だから」

その魂を喰《く》った、と明言することはせず、司野は小さく肩を竦《すく》めた。

(食べたんだ！)

正路にはその光景すら目に浮かぶようだったが、一方のセルウィンは、好奇心が満たされて満足したのか、

「ああ、きっとタツミさんは、『ツクモガミ』をタイジなさったのですね！　それです」

と、やけに明るい声を出した。

「タツミさん。トクヤマさんを助けたように、今度はわたしの雇い主、ジョンストン卿を助けてください」

司野は、やはり必要以上にゆったりと椅子に掛けた姿勢のままで、右眉《まゆ》だけを器用に上げる。

「なんだ、あんたの雇い主も、『付喪神』を怒らせて呪われているのか？」

「いえ、まだそこまでは。ですが、……ジョンストン卿は、タツミさんに、『ツキモノ……オトシ』を依頼したいと言っています」

(憑《つ》きもの落とし？　つまり、憑きもの……「付喪神」を退治してくれってことかな。いったい、何に取り憑かれているんだろう)

正路同様、司野も多少はセルウィンの話に興味を持ったのだろう、ようやく椅子から背中を浮かせた。

「というと？」

セルウィンは、足元に置いたアタッシェケースから何かを取り出し、机の上に置いた。司野が手に取ったそれを、正路も一緒に覗《のぞ》き込む。

「えっ」

正路は、小さな驚きの声を上げた。

それは、一枚の写真だった。しかも、写っているのは、住宅である。

一軒家ではない。

日本の言葉で言えば、集合住宅……または、長屋と呼ぶべきかもしれないが、そうした言葉から連想するイメージとは、少し違っている。

二階建ての、ほぼ同じデザインの箱形の家が、五軒、ピッタリくっついて建てられている、そんな感じの構造だ。

ブロックで組み立てた家のようなその可愛らしい建物を見て、正路は微笑んだ。

「前に、イギリスの街を旅する番組を見たとき、こういう建物が通り沿いにズラッと並んでいるのを見たことがあります。フラット、っていうんでしたっけ？」

正路の言葉を、セルウィンは礼儀正しく訂正する。

「いえ、フラットよりは少し高級、ですね。テラスドハウス、といいます」

「テラスドハウス……。初めて聞きました。あ、もしかしてこれ、ドールハウスか何かですか？　それとも、ブロックで作る玩具《おもちゃ》の……とか」

まさか住宅が対象物だとは思わず、正路はそんな発言をしたが、司野はぶっきらぼうに下僕の発言を遮った。

「阿呆《あほう》。これが作り物に見えるか」

「えっ、じゃあ、これは……本物？」

「よく見てみろ」

司野に突きつけられた写真に、正路は少し顔を近づけて見入った。

確かに、よく観察してみれば、とても模型などでは出せない、歳月の重みとでもいうべきものが感じられる住宅だ。

赤茶けた煉瓦《れんが》造りのその建物には、洒落《しゃれ》た玄関ポーチの上に美しいアーチがある。

そのアーチや窓枠、スレート葺《ぶ》きの屋根の下などに、草木をイメージした大理石の装飾が施されている。

長年の風雨にさらされ、大理石はやや灰色がかっていて、それがまた古そうな煉瓦とよく馴染《なじ》んでいた。

五軒の建物に共通して最も印象的なのは、二階部分の大半を占めている、鉄骨とガラスで造られたサンルームだった。

まだ特大のガラスは作れない時代のものなのか、何枚ものガラスを細かく鉄骨で繋《つな》いでいるおかげで、かえって全体がステンドグラスのように見え、無骨なはずの素材が、優美にすら感じられる。

「本当だ。素敵な家ですね。古そう」

「十九世紀に建てられた家だと、ジョンストン卿から聞いています」

「ええっ、じゃあもう、建てられて二百年⁉　凄《すご》いなあ」

正路の感嘆の声に、セルウィンはむしろ訝《いぶか》しそうに応じる。

「いいえ、わたしの国では、家は石と煉瓦で建てられますから、もっと古い家もたくさんありますよ。皆、古い家を手入れして住むのが好きなんです。古い家は、とても高い」

「へえ、そうなんですか？　新築の家よりも？」

「風景の綺麗《きれい》なカントリーサイドで、古いコテージに住む。みんなの老後の夢です」

「それは素敵そうです」

楽しそうに語り合うセルウィンと正路をよそに、写真を取り返した司野は、相変わらずの無愛想な問いかけをした。

「で？　この家がどうした？　家を買ったら、『付喪神《つくもがみ》』と化した家具でもついてきたのか?」

セルウィンは表情を引き締め、背筋を伸ばした。

「ジョンストン卿は、イングランド南東部のケント州に、先祖代々の土地とお屋敷をお持ちです。週末はそちらで過ごされますが、それ以外はロンドン市内のオフィスにお勤めですので、近くにも家を構えておいででした。ですが、もう少し静かな環境をお求めで、ロンドン郊外のこのテラスドハウスに目を留められたのです。ジョンストン卿《きょう》のお眼鏡にかなう、美しい建物でしたし……ちょっと写真を。ちょうど、五軒あるうちの一軒、こちらが長年空き家になっておりまして」

司野が写真を机に戻すと、セルウィンは、綺麗に手入れされた爪の先で、向かって右端の一軒を指した。

「さっそくその一軒を購入し、半年ほどかけてかなりのリノベーションをして、ジョンストン卿は、ちょうど二週間前に引っ越しました」

「それで?」

司野に促され、セルウィンはほんの少し声を落としてこう言った。

「ところが……その、古い家にはよくある話ですが、住んでみると、いろいろとスプーキーなことが起こりまして。ええと、スプーキー……こわいこと、あやしいこと、何と言いましたでしょうか」

「怪奇現象か」

「それです！」

　セルウィンはパチンと指を鳴らし、司野と正路のほうへぐっと身を乗り出した。

「ジョンストン卿曰《いわ》く、夜、家の中に他に誰もいないのに、誰かの足音が聞こえたり、あちこちでドアが開いたり閉まったり、テレビがついたり消えたり、音楽が聞こえたり、物の位置が変わっていたり、花瓶が突然倒れたり……」

　指を折りながら彼が語る怪奇現象の数々に、司野と正路は顔を見合わせた。おずおずと口を開いたのは、正路である。

「あの、絵に描いたようなポルターガイスト現象ですね」

「ああ、その言葉を日本の方もご存じですか。そう、それです。それだけなら、喜ぶ人もわたしの国にはいるのですが……」

「えっ？　怪奇現象を喜ぶ人が？」

「幽霊つき物件、というのがあるんですよ。とても人気です」

　感じのいい笑みを浮かべてそう言ったセルウィンは、すぐに話を元に戻した。

「それだけでなく、ジョンストン卿は、夜になると、確かに誰かの気配を感じると仰せです。それが……ええと、気持ち悪くて、そのまま住み続けるのは難しいと。今は、ロンドンでホテルに住んでいます」

「ああ……それは大変ですね」

正路の相づちに、セルウィンはそのとおりと言いたげに眉尻《まゆじり》を下げてみせる。

「ですが、テラスドハウスは気に入っていますし、その、かなりのお金をつぎ込んだのです。ジョンストン卿としては、美しい自宅を、ご自分のデザインした生活雑貨のCM撮影に使いたい、とか」

「なるほど。生活の場としてだけじゃなく、撮影現場にも」

「はい。ですので、そんな感じでは困る、と。それで、トクヤマさんに相談したところ、タツミさんをご紹介、され……いただいた、感じです」

本人は自覚していないが、正路の控えめな相づちは、相手に話しやすい空気を作る効果がある。セルウィンはややリラックスした様子で、司野の表情を窺《うかが》った。

「タツミさん的には、いかが、でしょうか」

「憑きもの落としの対象が、家一軒というわけか。ちなみに、他の四軒では、同様の問題は起こっていないんだな？」

それは調査済みであるらしく、セルウィンはすぐに頷《うなず》く。

「はい。ジョンストン卿からお話を聞いて、すぐに調べさせました。他の四軒のオーナーからは、そのような……ポルターガイストの話は、ありませんでした」

「ふむ。あんたの雇い主が買った家で、殺人あるいは……」

「そういうことも、調べましたが、なさそうです。どうしてだか、この一軒だけ、空き家の時間が長かった、それだけわかりました」

「そうか」

司野は、短く言って、口を噤《つぐ》んでしまった。そして、ただジロジロとセルウィンの顔を見ている。

「オウ！　そうでした」

セルウィンは、アタッシェケースから、今度は薄いファイルを取り出した。中から抜き取ったのは、一枚の紙片である。

「ジョンストン卿は、タツミさんに現地にご……ゴソクロー？　願いまして、『ツキモノオトシ』をと言っています。飛行機とホテルは、こちらで用意します。ギャランティーは……このくらいで如何《いかが》でしょうかと」

そう言ってスッと司野のほうへ押しやられた紙片には、ポンドと円で金額が小さめに印刷されている。

それを司野の背中越しに覗《のぞ》き見て、正路は息を呑《の》んだ。

そこには、ちょっといい自動車が買えるくらいの金額が記されていたのである。

(僕、司野が「付喪神」を扱って貰《もら》うお金、ラッキーアイテム代くらいしか知らなかったけど……物騒なケースだと、このくらい取るんだ。そりゃ、お金持ちになるわけ

だよ)

寝起きしている「忘暁堂」こそ古くて小さな建物だが、司野の暮らし向きがそれなりに豊かであることに、正路は同居を始めてすぐに気づいていた。

決して贅沢三昧《ぜいたくざんまい》するわけではないが、衣食住の衣と食にはいいものを、というのが司野の主義であるようだし、住についても、正路の提案を「人間はそんなことを気にするのか」と訝りながらも聞き入れ、修繕や家電の購入を即決してくれる。

おかげで、同居を始めてからというもの、店も生活スペースも、ずいぶん環境が改善されたと正路はささやかに自負している。

(でも、そうそう同じことができる人、いや、妖魔《ようま》はいないわけだし、オンリーワンの仕事だと思えば、決して暴利じゃないんだろうな)

正路の推理を裏付けるように、セルウィンは声に力を込めて言った。

「もし、安すぎるようでしたらネゴシエーションは可能です。前向きに検討、いたします」

すると司野は、「構わん」と言うなり、すっくと立ち上がった。

「いつ、取りかかる?」

セルウィンも、ばね仕掛けの人形のように素早く立ち、答えた。

「ナルハヤで! タツミさんがお仕事にかかれる日を知らせていただけたら、すべて、手配いたします」

（ナルハヤって言葉は知ってるんだ……）

感心半分、呆《あき》れ半分で、正路は司野とセルウィンを交互に見た。

司野が立ったということは、「話は終わった、帰れ」という意思表示であるし、セルウィンもそれを敏感に察し、早くもアタッシェケースを手にしている。

「ミツモリと写真は、お持ちください。ご連絡先、は、わたしのビジネスカードに。お電話でも、メールでも」

「承知した」

それだけ言うと、司野は写真と紙片を手に、さっさと茶の間へと去って行く。

妖魔には挨拶《あいさつ》の習慣がないし、客を見送るという習慣もないのだ。

「あ、遠路はるばる、お疲れ様です。もう、お帰りなんですか？」

気を遣って正路が声を掛けると、セルウィンは綺麗《きれい》な笑顔で頷いた。

「はい。今夜の飛行機で、ロンドンに戻ります。次は、ヒースローエアポートで、タツミさんをお迎えします」

「……よろしくお願いします！」

勝手に自分の世話を頼むなと、あとで司野に叱られそうだと思いながらも、正路はそう言わずにはいられなかった。

そんな正路に素早いウインクで応じたセルウィンは、正路が煎《い》れたお茶を一息にグッと飲み干してから、店を出ていった……。

その夜、夕食の席で、正路は昼間のことを話題に出してみた。

「ねえ、司野。それで、ロンドンにはいつ行くの？　ナルハヤでってセルウィンさんは言ってたけど」

今夜の主菜は、塩麹《しおこうじ》をまぶして一晩おいた鶏《とり》もも肉を、茄子《なす》やレンコンといった野菜と共に焼いた、シンプルな料理である。

細長く切り分けた鶏肉を大口で頰張り、司野は美しい顔の頰だけをやや膨らませて咀嚼《そしやく》しながら、「来週だな」と答えた。

「週末までは、来客の予定がある」

正路は、トマトと溶き卵の熱々のスープを吹き冷まして啜《すす》ってから、返事をした。仕上げにごまラー油をほんの少し垂らした、中華風の滋味深い汁物である。

「そっか。流石に週内の予約はキャンセルできないもんね。来週か」

正路は、ほんのりとした寂しさを感じつつも、笑顔で請け合った。

「頼りない留守番だけど、家のことと、ここにいる『付喪神《つくもがみ》』たちのことは、できる範囲でお世話するよ。火事なんて絶対に出さないようにする」

少しでも安心して司野に旅立ってもらおうという気持ちからの発言だったのだが、肝腎《かんじん》の司野は、まずい酢でも飲まされたような表情をする。

「えっ、あ、いや、僕の留守番じゃ全然安心できないって感じ？　そうだよね。『付喪神』を怒らせた前科持ちだし、信用してもらえなくてもしょうがないか。お客さんが来ても、僕じゃ役に立たないし。だったら……そうだ、司野がイギリスに行ってる間、僕は駅前のビジネスホテルにでも」

「何を言っている」

司野は渋い表情のまま吐き捨て、今度はレンコンを口に放り込んだ。

「何をって、司野がイギリスに行ってる間のことだけど」

「お前は、主《あるじ》にひとりで異国を旅させるつもりか」

「えっ？」

「主が行くなら、下僕が付き従うのが当然だろう。普段から、お前は覚醒《かくせい》したまま寝言を言うような奴だが、さすがに度が過ぎるぞ」

「ええええっ？」

さも当然といった様子で、お前も同行するのだと告げた司野に、正路は驚いて自分自身を指さした。

「ぼ……僕も行くの？　ついていって、いいの？」

「当たり前だろう」

「でも、荷物持ちくらいしか役に立たないと思うよ？　ああ、それとももしかして、『憑きもの落とし』のとき、僕に少しくらい手伝えること、ある？」

「それは、行ってみないとわからん。だが、手駒は多いほうがいい」

司野の言い様には配慮などというものは存在しない。手駒呼ばわりされて、少しだけ傷つきながらも、正路の胸には、不思議な興奮が湧き上がっていた。

（司野と、初めての旅行！　しかも、海外旅行！　ヨーロッパ！）

そんな、言葉にすると実に俗っぽい喜びで、正路の胸はワクワクしてくる。

（あ、でも、予備校……）

浪人生としては、既に始まっている、予備校の夏期講習がいささか気になるところだが、ご主人様であり、スポンサーでもある司野が「旅に同行せよ」と命じているのに、予備校を優先させるわけにはいかない。

（参考書、荷物に入れていこう）

そう腹を括《くく》って、正路は「わかった」と返事をしようとして、思わずあっと声を上げてしまった。

「何だ？」

不機嫌に咎《とが》められても構わず、正路は不安げに司野を見た。

「っていうか！　イギリスに行くなら、パスポートが要るじゃないか！　司野、妖魔なのにパスポートなんて……」

「持っている」

だが、司野は落ち着き払った顔でそう言った。力が入っていた正路の肩が、ガクッと落ちる。

「えっ？　持ってるの？　あっ、そうか。記憶をなくしちゃった人だと勘違いされて、戸籍、作ってもらえたんだっけ」

司野は頷《うなず》き、もりもりと食事を平らげながら簡潔に説明した。

「最初は戸籍など厄介なだけだ、適当な時期に死んだことにせねばならん……と煩わしく思っていたが、戸籍があるからこそ、パスポートが作れる。そして、作ってみれば、なかなか役に立つ」

「役に立つって、もしかして、身分証明書的なこと？」

「そうだ。大造さんが、骨董《こっとう》商はいつ、商売のために海を渡らねばならんかわからん。それに、世界じゅう、どこにいても身分を証明してくれる便利なものだから、パスポートは作っておけと助言してくれた」

「ナイス助言だったね！　じゃあ、そこは問題ないんだ」

「お前こそ、持っているんだろうな」

正路は、屈託のない笑顔に戻って頷いた。

「あるよ！　高校の修学旅行が、韓国だったんだ。そのときに作った」

「修学旅行？」

当たり前だが、高校に通ったことのない司野は、怪訝《けげん》そうに問い返す。

「高校二年の冬とか、高校三年の春とかに、学年みんなで記念の旅行をするんだよ。僕の学校は、高校三年の五月だったっけ」

「ほう。それで、行き先が海外か。豪勢だな」

「豪勢っていうか、国内よりかえって安くついたりしたんじゃないかな。女の子たちは凄《すご》く喜んでたよ。コスメとか、スイーツとか」

「お前はどうだったんだ？」

「それなりに楽しかった……と思うんだけど、とにかく眠くて、あんまり覚えてないなあ」

「眠い？　何故だ？」

「実家を離れてだいぶ経ったから、今はすっかり大丈夫になったんだけどさ。あの頃は、家を離れると上手に眠れなかったんだ。おかげで旅行中、ずーっと眠くて。あっ、でも、焼肉とかソルロンタンとか、食べ物は美味《おい》しかったなあ」

「花より団子か」

「そんな感じ。眠れずにぼんやり起きてきて、バスで寝て、ねぼけながら観光して、やっと目が覚めてきて美味しくごはんを食べて、満腹になってまた眠く……みたいな」

恥ずかしそうに笑って、正路はふと、問いを重ねてみた。

「司野は、パスポートを作って、実際、海外に行ったことはあるの？　その、商談とか、さっきみたいなお仕事の依頼とか……あと、普通に旅行とか」

　すると司野は、少し考えてからボソリと答えた。

「わざわざパスポートを使ったことは、ないな」

　ハッキリしない答えに、正路はキョトンとする。

「パスポートは使ったことがない……けど、海外に行ったことはある？」

「ああ」

「密航⁉」

「主を犯罪者扱いするな」

　ムッとしつつも、司野は少しばかり説明を足した。

「辰冬に、この不自由な器に封じられる前には、ときには海を越え、今で言うところの中国大陸まで飛んだものだ。気まぐれに見知らぬ地をうろつき、旨《うま》そうな人間を見つけては喰《く》らっ」

「ストップ！　ってことは、もしや、イギリスも訪問済み？」

人間を喰らう話をぴしっと制止し、司野が怒り出す前に、正路は新たな質問を繰り出す。形のいい唇をへの字に曲げはしたが、司野は平静に答えた。

「さすがに、そこまで遠くへは行っていないだろう。だが、そもそも国の境など、気に留めたことがなかった」

「ああ、なるほど……。妖魔《ようま》、びっくりするほどユニバーサルだね」

妙な感心をして、正路はちょっと得意そうな顔をした。

「じゃあ、パスポートと飛行機を使う海外旅行は、僕が一回分だけ先輩ってことか」

「……何？」

「あはは、何でもない。ごめん。なんだか僕、ちょっとはしゃいじゃってる。お仕事なのはわかってるけど、イギリスって、ちょっとした憧《あこが》れの国だったんだ。そこに司野と旅行できるんだって思うと、凄く楽しみで」

「憑きもの落としが楽しみとは、奇特な奴だな」

「そういうことじゃなくて、それ以外が……。えっと、少しくらいは観光する時間、あるよね？　せっかくイギリスまで行くんだし。初めて行く国だから、ちょっとでも見て回りたいな」

「どうだかな」

司野の返答はにべもないが、正路としては、大いに期待が膨らむところである。

「明日《あした》、ガイドブックを買ってくる。一緒に見ようよ。イギリスには……特にロンドンには、博物館とか美術館がたくさんあるって、テレビで見たことがある。司野にも、興味を持てる場所が、きっとあると思うよ」

司野はげんなりした顔つきで、返事すらしなかったが、正路としては、司野にも旅行中の楽しみを見出《みいだ》してほしい気持ちで早くもいっぱいである。

「動画も探しておくね。本よりイメージが掴《つか》みやすいかも」

今は鈍いリアクションでも、知的好奇心が豊かな司野のことだ、情報を提供しさえすれば、きっと興味を示すに違いない。正路は希望的観測を含め、そう思った。

(もちろん、いちばん大事なのは仕事だけど、楽しい時間も持てるといいな)

心からそう願いながら、正路は、結果として波瀾《はらん》万丈の旅へと飛び込むことになるのだった……。

三章　下僕たるもの

ポーン！

耳慣れない、ややくぐもった電子音に、正路はハッと目を開けた。

（いつの間にか、寝てた！　っていうか、今の音は何だっけ）

正路の疑問に答えるように、女性の声で、「シートベルト着用サインが消えたこと、しかし、急な乱気流などに備え、着席時はベルトを着用していてほしい」旨のアナウンスが流れた。

「そうか、シートベルト。そうだった」

自分が飛行機に乗っているのだと実感して、正路はふうっと深い息を吐いた。

搭乗したときには、エンジン音の大きさに圧倒される思いだったが、人間はすぐに慣れてしまう生き物だ。

離陸してしばらくすると、音などほとんど気にならなくなり、気づいたらウトウトしてしまっていた。何か忘れ物はないかと何度も荷物をチェックしていた上、旅行前特有の興奮と不安で目が冴えて、昨夜はほとんど眠れていないのだ。

（また、座席が気持ち良すぎて。っていうか、いいのかな、ほんとに）

正路は、居心地悪そうに身じろぎした。

司野が渡英可能な日を連絡すると、既にロンドンに戻っていたクリストファー・セルウィンは、すぐに飛行機のチケットを手配してくれた。

正路の同行も、司野いわく「先方は当然だと言っていた」そうだが、まさか司野だけでなく自分にもビジネスクラスのシートを用意してくれているなどと、正路は想像だにしていなかった。

ビジネスクラスは初体験だが、何もかもが、修学旅行に行くときに乗ったエコノミークラスとは違っている。

二人が並んで座れるシートは機内の中央部分にしかないので、残念ながら司野と正路に用意された席は窓際ではなかったが、そんなことはどうでもよくなるくらい、座席の配置が広く、快適な空間だ。

隣り合った座席とはいえ、二人の間には、立派なサイドテーブルとちょっとしたパーティションがある。少し乗り出せば互いの姿が見えるし話もできるが、座席に深くもたれると、十分にプライバシーが確保できる構造だ。

シート自体もゆったりしていて、前方にはそこそこのサイズのモニターがある。

まだ試してはいないが、眠りたいときは、座席をフルフラットに倒し、モニターの下に脚を突っ込む形で横になることすらできるらしい。

正路がずっとイメージしてきた、かなり狭苦しさのある座席ではなく、むしろ予備校の「自習ブース」に近いし、それよりも遥《はる》かに座り心地がいい。

「ねえ、司野」

正路はサイドテーブルに肘《ひじ》を置き、小声で呼びかけてみた。

「何だ」

いつもと変わらない、必要最低限に短い返事が聞こえる。

それでも会話を拒まれている雰囲気ではなかったので、正路はシートに浅く座り直し、パーティション越しに司野を見た。

司野は、機内に備え付けのタブレットを膝《ひざ》に置いていたが、特に何かを見ていたわけではないようだ。あるいは、あまり興味を惹《ひ》かれるものがなかったのかもしれない。

「ホントにいいのかな、僕までこんなに立派な席に座らせてもらって」

戸惑う正路に、司野はげんなりした顔で言い返した。

「いつまで気にしている。あっちが勝手に手配してきたんだ。大きな顔で乗っていればよかろう」

「何だか申し訳なくて。ご主人様がビジネスクラスなら、下僕はエコノミークラスに座るもんじゃないの？」

正路は自分の中の「常識」を口にしたが、司野はそれを聞いて、あからさまに愚か者を見る顔になった。

「俺から離れて羽を伸ばすつもりか？　それでは、下僕に用があるとき、主《あるじ》たる俺が、わざわざお前をエコノミークラスの座席から呼び寄せる羽目になるだろうが」

「あ、そっか！」

「主従が同じ場所にいるのは当然のことだ。これは決して、お前を甘やかすための処遇ではないぞ。お前はそこに控え、即座に動けるよう、俺が用を言いつけるのを常に待ち受けていろ」

「そういうことか。やっとわかった気がする」

「本来は言われずとも察して動くのが優秀な下僕だが、お前にそこまでは期待せん。余計なことをするのが関の山だからな」

「せ……正確な実力の把握、ありがとう。その、いつかは察してちゃんと動けるようになりたいとは思う、よ？」

「ふん。せいぜい努力しろ」

司野の説明に、一応納得したものの、分不相応な贅沢《ぜいたく》をさせてもらっているという意識は消えそうにない。ならばさっそく下僕の務めをと、正路は司野に訊《たず》ねてみた。

「今、何かご用はある？」

「ない」

「やっぱり……！　司野はひとりで何でもできちゃうからなあ」

予想どおりの素っ気ない返事に、正路はガックリと肩を落とす。だが、司野はすぐに「ああ、いや、ある」と言い直した。

「ホント？」

思わず声を弾ませた正路に、司野はいつもの不機嫌そうな顔つきでこう言った。

「何か話せ。思いのほか、飛行機に乗るというのは退屈なものだ。あと半日こうしていると思うと、イライラする」

「ええっ、飽きるの、早すぎない？　座席は快適だし、映画だってやるし、そのうち機内食も出るよ？　僕、さっきビジネスクラスの機内食のメニューを見て、楽しみを通り越してクラクラしちゃった。豪華過ぎる！」

「ふん。お前はおめでたいな。とにかく、今、俺は退屈なんだ」

司野の無茶振りに、喜びも束の間、正路はたちまち困り顔になった。

「話せって言われて、僕は口下手だし、滑らない話の在庫なんてないよ？　司野の退屈しのぎには、とても……あっ、そうだ」

正路は、自分のタブレットを手に取り、液晶画面を司野に示した。

「機内プログラム、耳で楽しむものもけっこうあるよ。ラジオ番組……ポッドキャストみたいなのとか、あと音楽が色々。そうそう、落語もあった。妖魔《ようま》にも楽しいかどうかはわからないけど、少なくとも僕の話よりはずっと……」

正路としては、ご主人様に暇潰《ひまつぶ》しの手段を提供しようと一生懸命だったのだが、司野は酷《ひど》く不機嫌な顔つきになり、「要らん」と言い放った。

「駄目？　じゃあ」

「聞いていなかったのか？　俺は、お前に話せと言った」

「でも、僕は」

「暇で仕方がないから、やむなくお前の話でも聞いてやろうと言っているんだ」

「えっ？」

「ここのところ毎日、何か言いたげに俺をチラチラ見ながら家の中をうろついていただろう。気づいていないとでも思ったのか」

正路は小さく息を呑《の》んだ。

「バレてた……！　司野に話すようなことじゃないかなって思ったし、司野、イギリスへ行く前に、約束してた仕事を片付けるために忙しくしてたし。邪魔しちゃいけないと思って、迷ってたんだ」

司野は、シートベルトは律儀に締めたままではあるが、座席にゆったりもたれて、冷ややかに正路を見た。

「今の俺は暇だ。聞いてやる」

「あ……ありがとう。でも、上手に話せないと思うよ。何より、オチがないんだけど」

「構わん。下僕が、主に隠し立てができるなどとは思うな。包み隠さず語れ」

「……わかった。司野がそう言ってくれるなら」

ご主人様にそこまで催促されては、下僕としては正直に打ち明けざるをえない。正路はサイドテーブルに寄りかかり、パーティションのあたりまで顔を司野に近づけて、抑えた声で切り出した。

「実は、セルウィンさんが店に来て、こんな風にイギリスに行くことになるちょっと前、僕、司野にお願いして、何日か夏休みをもらおうかと思ってたんだ」

司野としては、それはまったく予想外の導入部分だったらしい。ふかふかしたクッションに頭を預けたまま、「夏休みだと？」とやや険しい顔で言った。

早くも怪しい雲行きに、正路は亀のように首を縮こめた……というより、肩に力が入って、必要以上に上がってしまっているらしい。

「浪人生だし、下僕だし、そんなの厚かましいとは思ったけど、三日くらい、いや二日でも、とにかくいっぺん、実家に帰りたいと思ってた。もう一年以上、一度も帰ってないからさ」

「お前の実家は、秋田だったか。先週、お前が『実家から送られてきた』と寄越《よこ》した野菜は、茄子《なす》も枝豆もトマトも、余計な細工のない、いいものだった。お前の家族が育てたと言っていたな」

「司野が上手に料理してくれたから、余計に美味《おい》しかったけど……うん、両親と祖父がね。子供の頃からずっと食べてきた、懐かしい野菜の味だった」

家族を思い出して、正路は淡く微笑む。その童顔をジロリと見て、司野は短く問い質《ただ》した。

「俺にとっては一年など瞬きの間だが、一年を大袈裟《おおげさ》にとらえる人間にとっては、それなりに長かろう。何故、帰らなかった？」

「いちばんの問題は、お金。交通費が、なかなかのものになっちゃうから。あと、大学受験で結果を出せてないのに、合わせる顔がないって気持ちもあった。合格したら帰ろうと思ってたら、全然合格できなくて、帰るに帰れないっていう……」

「ふむ。だが、今回は結果が出せないまま、帰省する気になったのか？」

正路は、恥ずかしそうに頷《うなず》いた。

「やっぱり、里心、かな。電話とかビデオ通話とかしても、よけいに距離を感じてつらいときがあって、直接会いたいなって思ったんだ。あとは、司野の下僕になってから、勿体《もったい》ないくらいのお手当を貰《もら》うようになったし、生活費もかからなくなったから、交通費、出せるなって思ったのもある。司野のおかげだよ」

「ふん」

「だからこそ、お給金をくれてる司野に迷惑をかけて帰省するのはどうなんだって迷いがあって、言いだしにくくてさ」

「それで、ずっとモジモジしていたのか。愚かな奴だ。俺を、二日、三日の休みもくれてやらないほど狭量な主だと思うとは、ずいぶん舐《な》められたものだな」

少なからず気を悪くしたらしき司野に、正路は慌てて両手を振って否定する。

「違う違う、そうじゃないよ。それに、しばらくは躊躇《ためら》ってたけど、ずっとじゃないんだ。司野にお伺いを立てる前に、まずは実家に帰省を打診してみようと思って、父に電話したら……あっさり振られちゃったんだよね」

「振られた？」

「父と母と祖父の三人で、長い旅行に出るからダメだって」

「旅行？　今の俺たちのようにか？　長いというと、海外……」

「ううん、やっぱりいきなり海外は祖父にハードルが高すぎるから、まずは国内、しかも日本一周するんだって。二週間くらいかけて」

日本一周というプランに、司野は日本刀のように鋭い目を、軽く見開く。

「日本一周？　二週間で？　それは……実に中途半端な所要期間だな。昔の俺のような妖魔なら、一日とかからず巡ってみせるだろう。飛行機でも、乗り継ぎを考えても数日で済むはずだ。とはいえ、徒歩ならば二週間では済むまい。……自動車か？」

いつもは思慮深い司野の推理が外れたのがちょっと嬉《うれ》しく、しかしそれを表情に出さないように苦心しながら、正路は焦《じ》らさずに正解を教えた。

「バスツアーもたくさんあるけど、日本一周はさすがにないんじゃないかな。祖父だけじゃなく、両親の腰も死んじゃいそうだし。あのね、僕も驚いたんだけど、船を使うんだって」

その選択肢は頭になかったのか、珍しく司野は明らかに驚いた顔をした。

「船か！　確かに船ならば、唐や宋《そう》にも行ける。日本の海岸沿いを一周することも可能だろうな。だが、二週間……か」

どうやら、司野の脳内には、千年前の遣唐使船が浮かんでいるらしい。正路は、日本史の授業を思い出し、ジワジワと可笑《おか》しくなりながら説明を加えた。

「遣唐使船もたぶん凄《すご》く立派だったと思うけど、今回、うちの家族が使うのは、いわゆる豪華客船ってやつ。クルーズ旅行だね」

「豪華、客船」

「ほら、こんなの」

飛行機の中でＷｉ‐Ｆｉが使えることに今さら感心しながら、正路は機内モードに設定した自分のスマートホンで、家族が利用予定の客船の写真を検索し、司野に示した。

「これでは、船の大きさがよくわからんな」

「んーと、ここにサイズが……うわ、凄いな。全長二百メートル以上あるよ。幅はほぼ三十メートル」

「……なかなかの大きさだな」

「でしょ？　乗客も九百人くらい乗れるみたいだし、客室数も四百くらい。凄いね。ちょっとしたマンションっていうか、街だね。ほら、見て。船内にはレストランも、大浴場も、ラウンジも、スパも、劇場も、ライブラリーもあるんだってさ。退屈しないように、色んなイベントやアクティビティも用意されてるみたいだよ。コンサートとかさ。あっ、麻雀《マージャン》サロンもある。これはお祖父《じい》ちゃん、喜んじゃうな」

麻雀が大好きな祖父の顔を思い出し、正路はニコニコする。だが司野は、感心と不可解が入り交じった複雑な面持ちで、スマートホンの画面と正路の顔を交互に見た。

「確かに、この飛行機よりはうろつき甲斐《がい》がありそうな船だ。しかし、『街のよう』ならば、街にいればいいのではないか？　船でこの国の海岸沿いを一周して帰ってくるだけなら……」

「ううん、確かに海岸沿いをほぼ一周するんだけど、ちょいちょい下りて、有名な観光地を案内してくれるんだって。で、また船に戻ってきて、移動を再開する。祖父は高齢だから、船からバス、バスから船って乗り物の接続がいいのが、何よりいいみたい。考えてみたら、クルーズ旅行って、長距離移動でありながら、身体への負担が軽いよね」

「わかってきたぞ」

正路の説明を聞きながら、不可解そうだった司野の顔に、いつもの怜悧《れいり》な表情が戻ってきた。

「観光を済ませ、宿でくつろぐ代わりに船で休息しているうちに、身体が勝手に次の寄港地へと運ばれていく。己の体力を温存しつつ効率良く移動するための、実に無駄のないシステムだな」

「そうそう、そういうこと！　普通の旅行みたいに観光するけど、そのための移動手段が凄く楽なんだ。それに船での特別なイベントも、よそへ移動することなく楽しむことができるし、凄く高齢者向けなんじゃないかと思ったよ」

「ふむ。別に俺は老人ではないが、その豪華客船クルーズとやらには、興味が湧いた。いつか試してみるとしよう。そのときは、共に来い」

友達を誘う調子ではなく、純然たる下僕としての正路を求める口調ではあったが、それでも、司野と船で旅をする自分を想像すると、やはり胸が弾む正路である。

「喜んで！　あ、でも、そういう話じゃなかった。つまり、僕の夏休みの帰省計画が軽く頓挫《とんざ》したって話なんだけどさ、僕、凄くびっくりしたんだ」

「何をだ？　お前が今旅をしているように、家族にも同様の機会が訪れることはあるだろうに」

「いや、それが、あり得ないことだったんだよね、これまでは」

正路は真顔でそう言い、スマートホンをサイドテーブルに置いた。司野は形のいい顎《あご》を小さくしゃくって先を促す。

どうやら、自分の個人的な話が、司野の「暇潰《ひまつぶ》し」程度にはなっていることにホッとしつつ、正路は事情を打ち明けた。

「うち、曽祖父《そうそふ》の代、いや、たぶんもっと前から、農業で生計を立ててきたんだ。だから、年間を通して、田んぼや畑の世話があるだろ。特に夏は、野菜は毎日、ものによっては朝夕収穫しないと駄目だし、水やりの加減だって神経を尖《とが》らせるし。家族旅行は、農作業が少ない冬、正月休みに一泊二日とか、その程度だったんだよ」

「確かに、田畑から目を離せんのは道理だな」

「だから、夏場に二週間も旅行に⁉　って仰天したわけ。そしたら父が、さらにびっくりな事情を打ち明けてくれて……」

「それは？」

正路は、どこかつらそうに軽く目を伏せた。

「受験前だった僕に心配をかけまいとしたらしいんだけど、一月に祖父が、二月に父が、体調を崩したらしいんだ。父は頸椎《けいつい》……首の骨のヘルニアで、命に別状はないけど手の痺《しび》れがあって、近い将来に手術が必要だろうって。祖父のほうは、脳梗塞《のうこうそく》で……」

「それは重病だな」

「今回はわりと軽症だったけど、場所的にはけっこう危なくて、両親はヒヤヒヤしたって言ってた。手術せずに済んで、入院も、二週間ほどだったって」

「肉は金気を当てると、その瞬間から味が落ちる。人間の身体も同じだろう。メスを入れずに済んだのは何よりだったな。後遺症は？」

妖魔《ようま》ならではの見解を口にして、司野はそれでも正路の祖父の体調を気遣う言葉を口にした。先代店主夫婦への愛着は、あるいは人間の高齢者全員への敬意にも繋《つな》がっているのかもしれない。

自分の身内の健康状態に、司野が興味を示すはずがないと思い込んでいた正路は、少し嬉しく、大いに意外に思いながら答えた。

「さすがに軽い麻痺《まひ》が出て、それなりの不自由はあるみたい。歩き方のバランスが悪いから、あちこち痛くなって……って感じなんだろうと思う。本人はとっても元気にしてて、電話で話したら、『心配ねえ』って何度も言われた」

「そうか。もとより寿命が短い生き物とはいえ、たとえ一日でも命を永らえるのは、身内にとっては喜ばしいことなんだろう」

よかった、というストレートな言葉こそなかったが、司野のまわりくどい言い様を嚙《か》み砕いてみれば、立派な祝福の言葉である。

「ありがとう」

正路は笑顔で感謝したが、すぐに眉《まゆ》を曇らせた。

「だけど、立て続けにそんなことがあって、母もふたりの看病で大変だったし、二人とも、将来に大きな不安ができたわけでしょ。だから三人で話し合って、農業はやめようって決めたんだって。長年のつきあいで信頼できる農家仲間に、土地を譲ることができて安心だったみたい。だけど、健康のためにも、自分の家の分のお米と野菜は作るから、お前にも送るぞって言ってくれて、それは……まあ、ううん、凄く嬉《うれ》しかった」

「……………」

「祖父と父が話し合って決めたことなら、僕に異存なんかないんだ。何よりふたりの身体が大事だし、父は、友達の会社に誘ってもらって、新しい職場で頑張ってるらしいし。勿論《もちろん》、祖父にはのんびり過ごしてほしい。母だって、自由に旅行に行けるようになって、きっと嬉しいと思うし」

正路の声は決して暗くなかったが、その顔には、どこか心細そうな表情が浮かんでいる。司野は、ボソリと口を挟んだ。

「異存はなくとも、不満はあるとみえるな」

正路はうっと言葉に詰まり、心の中を正しく言葉で表す方法をしばらく探ってから、鈍い口調で言い返した。

「不満じゃないよ。ただ、凄く困ってるだけ」

「困っている？　当人たちがみずから身の振り方を決めたというのに、お前が何故、困ることがある」

「それは……前にも言ったけど、僕、子供の頃はとても身体が弱かったんだ。今だって、肉体労働に向いた身体とは、お世辞にも言えないだろ。だから祖父も父も、僕に農業を継がせる気はもとからなかった」

「確かに、食わせても、ろくに身につかんな」

「ごめん。脂肪もつかないけど筋肉もつかない体質みたい。吸収が悪いのかな。……だから僕は、せめて農学部に進んで、農作物の品種改良とか、栽培環境の改善とか、そういうことを学んで仕事にして、祖父や父の仕事をバックアップできたら、少しでも楽にできたら……そう思ってたんだ」

「だが、その祖父と父が農業を生業《なりわい》にする生活をやめたせいで、お前は大学進学の目的ばかりか、人生の指針まで同時に失ったというわけか」

予備校の面接で同じ話をしたとき、高梨は「それはちと困ったねえ」と同情してくれたが、特に具体的なアドバイスはなかった。

司野の辞書には遠回しという言葉はないが、その分、容赦ない指摘が正路の心に深く食い込んでくる。

正路は、正直にそれを認めた。

「なんていうか、突然ハシゴを外されて、片付けられちゃった感じ、かな」

「ふん。自分の人生の目的を、他人の人生の上に置くからそういうことになるんだ」

常に歯に衣《きぬ》着せない物言いの司野だが、それはこれまででいちばんさりげなく、それでいていちばん辛辣《しんらつ》な指摘だった。

それだけに、いつものように素直に受け入れることができかねて、正路は珍しく司野にくってかかった。

「いくらなんでも、そういう言い方は酷《ひど》いよ。僕は、お祖父《じい》ちゃ……祖父と両親のことが凄《すご》く好きで、尊敬してるんだ。毎年変わる気候や、台風や、雨不足や、作物を食べちゃう生き物や、買い取りの値段……色んなことでいつも悩んで苦労してるのを、ずっと見てきた。だから……大好きな人たちの役に立てる道に進みたい、そういう仕事に就きたいって思う気持ち、おかしくないだろ？ 少なくとも、人間の場合は、普通だと思うけど！」

「人間どもがどう思おうと、俺の知ったことか」

司野は投げやりにそう言うと、座席にもたれ、正路をやや横目に見た。

「だが、祖父と父親が生き方を変えただけで、お前にできることがなくなる。そういう将来の定め方は、果たして正しいのか？」

「……それ、は」

「正路。お前は俺の下僕だ。俺の命令が第一であることは、この先一生揺るがない。お前は俺のいかなる命令にも常に従い、俺を利するように振る舞わねばならん」

いささか残酷な宣告を淡々とされて、正路は曖昧《あいまい》に頷《うなず》く。

確かに、契約のときに、身も心もすべてを司野に捧《ささ》げると約束してしまったのだから、司野の言うことは正しい。

（だけど、今この流れで言わなくても……）

困惑する正路に、司野は静かに告げた。

「それでもなお、お前には、お前の時間が残されているはずだ」

「えっ？」

「俺がそれを許す限り、お前には俺に従い、俺に尽くす時間の他に、自分自身のために使う時間がある。学び、出歩き、他の人間どもの知己を得……なんでも構わん。俺の操り人形でも、命令を待つばかりの忠実な犬でもなく、お前は、お前自身を育て、動かす時間を持っている。そうだろう」

正路の背筋が、勝手にピンと伸びる。

「……はい」

自然と礼儀正しい返事をした正路に、司野は静かにこう続けた。

「祖父や親のために学ぶのもよかろう。役に立とうと努めるのもよかろう。だが、それを生きる目的にするな。立場はどうあれ、生きとし生けるものは、それが人間であれ妖魔であれ、本質的には自分のために生きるものだ」

そこで言葉を切り、司野は忌々《いまいま》しげに自分のワイシャツの胸元を指し示す。

「俺は辰冬の式となり、この窮屈な器に封じられた。辰冬が死んで千年経ってもなお、俺は奴の僕《しもべ》のままだ。あれのかけた呪《しゅ》に、今も縛られている。それでも俺は、辰冬のために生きたことなど一秒たりともない。俺は、俺のために生きている。今も、俺の時間を、俺の意思で生きているぞ」

司野の声音には、同情もなければ蔑《さげす》みもなかった。

誇るでもなく、押しつけるでもなく、諭すでもなく、ただ厳然とした事実を、鋼のように強靭《きょうじん》な魂で告げているだけだ。

だからこそ、ひとつひとつの言葉が、これまでの人生でなかったほど強く、深く、正路の胸に刻み込まれた。

きつい言葉が槍《やり》のように突き刺さるときとは違い、まるで乾いた土に雨が染み込むように、それはただ静かに、やわらかく、正路の胸に広がっていく。

「司野……」

「俺にその話をしたかったのは、俺が、お前の予備校の学費を出しているからだ。違うか？」

違わないと答える代わりに、正路は小さく頷く。

農学部を目指したい理由とモチベーションがいきなり宙に消え、真面目に受験勉強を続けてはいるものの、本当にこのままでいいのかと、正路は迷い続けている。

かといって、他に目指したい学部があるわけでなし、それならいっそ大学受験など諦《あきら》めるべきでは……などと様々な迷いが生じてしまい、先日の面談で、正路はそれを高梨に相談してみた。

だが、あまりにも個人的な事情だということで、「まずは自分で、あるいは親御さんとよく話し合って」と言われて、面談を切り上げられてしまったのである。

「予備校に通って、勉強の面白さを本当に知れた気がする。だけど……農学部を目指したい気持ちはグラグラになっちゃってて、このままじゃいけない気がして、でも、すぐに方向転換ができるほど、僕は器用じゃない。こんな中途半端な状態で、司野に学費を出し続けてもらうのは申し訳な……」

「構わん」

司野は、正路に皆まで言わせず、あっさりそう言った。

「学びが楽しいなら、行っておけ。お前がお前自身のためにやりたいことが見つかったら、そこで新たな目的を定めればいい。それが大学で学べることなら、そのために必要な学部を受験すればいい。そうでないなら、辞めればいい。何もかもを今決める必要はなかろうし、お前に決める能力はあるまい」

「実際、決められてないから、司野の言うとおりなんだけど。だけど、そんなのんびりしたことでいいんだろうか」

そこで初めて、司野はニヤッと人の悪い笑みを浮かべた。

「お前は既に、受験に失敗して一年を棒に振ったんだろうが。今さら、一年二年をさらに浪費したところで、大したことはあるまい」

「うっ……ス、スポンサーの司野がそう言ってくれるなら……いやでも」

「正路」

グズグズと惑う正路に、司野は笑いを消し、真顔で言った。

「自分が進みたいほうへ、道を何本でも作れ。行き先も、ひとつである必要はない。今、お前に見える範囲で行きたい場所に、当座の目的地を定めるがいい。そこがお前の真に求める場所でないなら、次を定めろ」

「……う、うん」

「主《あるじ》として、俺はお前の道行きに目を光らせている。だが、それを自分が『選ばない』ことや『選べない』ことの言い訳にするな。身内を大事だと思うなら、寄りかかるな。枷《かせ》にするな。己のその細い脚だけで、まずは立ってみせろ」

まさか司野が、そんなに真摯《しんし》な忠告をしてくれるとは思ってもみなかった正路の目が、じわじわと潤み始める。

それに気づいた司野は、正路からふいと視線を逸《そ》らし、忌々しそうに舌打ちした。

「小人閑居して不善をなすとかいうことわざがあったな。俺は小人ではないが、それでも暇を持て余すと、ろくでもないことをしてしまうらしい。説教などと、柄にもないことをしてしまった」

「お説教なんかじゃなかったよ！」

正路は目許《めもと》を指先で拭《ぬぐ》いながら、それでもすぐにそう言った。

「その……びっくりしたけど、凄く嬉《うれ》しかった。この旅のあいだ、ううん、帰ったあとも、今、司野が言ってくれたこと、ちゃんと考えてみる」

「好きにしろ」

やはりそっぽを向いたまま、司野はさっきまでとは打って変わって、投げやりな返事をする。

そんな、実は照れ屋であるらしい主に、正路は泣き笑いの顔で、「ありがとう」と心をこめて囁《ささや》いた……。

二人を乗せた飛行機が、無事にロンドンのヒースロー空港に着陸したのは、離陸から約十二時間後、現地時刻で午後四時を過ぎた頃だった。

結局、正路は、出発前夜の寝不足のせいで、機内食以外の時間をほとんど睡眠にあててしまった。

機内サービスをほとんど利用できなかったことを勿体《もったい》なく思いつつも、ビジネスクラスのシートの心地よさだけは満喫したことになる。実にスッキリした気分で、彼は司野に従い、空港に降り立った。

よく、空港にはその国独特の匂いがあるというが、ヒースロー空港には、これといった匂いはないようだ。

正路がそう言うと、司野は、くだらないと顔じゅうで言いながら、それでも問いかけてきた。

「だいたいお前は、この国の空港に、どんな臭気を期待してきたんだ」

「えっ？　臭気っていうか、こう、イギリスだけに気品のある香り……？」

「具体的に言え」

「そんなこと言われても。そうだなあ……。たとえば、紅茶、とか？」

「くだらん。お前の発想は月並みな上に安直だな」

「うう」

いささか傷つきながらも、司野がさっきのような真摯なアドバイスではなく、いつものようにバッサリ切り捨ててくることに妙な安堵感《あんどかん》を覚えつつ、正路は司野と共に入国審査の長い列に加わった。

どうにか無事に入国審査をパスし、手荷物を受け取って到着ロビーに出たときには、飛行機が着陸してから、ずいぶん時間が経っていた。

ロビーは、たくさんの旅行客や、彼らを待つ人々でごった返していた。しかし、正路が軽く背伸びしてキョロキョロし始めるのとほぼ同時に、「タツミさーん！」と司野の名を呼びながら、クリストファー・セルウィンが姿を現した。

日本で会ったときと同様、いや、ホームグラウンドにいるので、よりぴしっとした感じでスーツを着こなし、笑顔の爽《さわ》やかさも三割増しといったところである。

「ようこそロンドンへ！　お名前を書いたボードを作ろうと思っていたのですが、仕事が忙しくて……でも、必要なかったですね。再びお目にかかれて嬉しいです、タツミさん。そして……アダチさん、であっていますか？」

前回会ったときは名乗るチャンスがなかったので、セルウィンが自分の名を口にしたことに、正路は驚いて目を丸くする。

「飛行機のチケットやホテルを手配するとき、お名前が必要だったので。教えていただきました」

セルウィンは、笑顔で正路の疑問をたちどころに解消する。

「あっ、そうですよね。でも、自己紹介しなくてすみませんでした。足達正路です。よろしくお願いします。今回は、僕まで……」

正路は慌てて自己紹介をしようとしたが、司野はそれを乱暴に遮り、セルウィンを急《せ》かした。

「無駄話はやめろ。これからどうする?」

セルウィンは、「大丈夫」と言うように正路に笑いかけると、すぐに表情を引き締め、司野のスーツケースに手を掛けた。

「ホテルにご案内します。お疲れでなければ、ジョンストン卿《きょう》がディナーをご一緒にと」

司野は軽く眉《まゆ》をひそめた。

「仕事は」

「テラスドハウスをご案内するのは、明日《あした》の午後に。まずは、長旅のお疲れを癒《いや》していただこうと思います」

「特に疲れてはいないが、そちらがそれでいいなら、よかろう」

「では、こちらへ」

司野はさも当然と言う様子でセルウィンに荷物を託す。セルウィンは、司野のスーツケースを右手で引き、もう一方の手を正路のスーツケースにも伸ばそうとしたので、正路は慌ててそれを自分のほうへ引き寄せた。

「大丈夫です。自分で運べますから！」

「……そうですか？」

「はい、どうぞ、このままで」

あなたのいいように、と言いたげに綺麗《きれい》に微笑むと、セルウィンは司野のスーツケースだけを引いて歩き出した。人混みを縫うようにしながら、司野と正路がついてきていることをこまめに確認する。いかにも有能な秘書らしい仕草だ。

空港の中は冷房がよく効いていたが、建物の外に出ると、意外と暑い。

とはいえ、日本ほど湿度が高くはないし、気温も多少は低いようだ。

そんな正路の印象を肯定するように、セルウィンは歩きながらチラと振り返って声を掛けてきた。

「日本の夏よりは、過ごしやすいと思います。先日、お邪魔したときは、暑くてジャケットを着ているのが大変でした。店の前で、汗をたくさん拭《ふ》きました」

「えっ？　何だか凄《すご》く涼しげにしてらっしゃると思ったら、汗を」

舞台裏を今になって明かされ、驚く正路に、セルウィンはふふっと笑った。

「わたしも人間ですので、暑いと汗をかきます。日本の夏、わたしが記憶しているより、だいぶ暑かったですね」

そんなことを言いながら、セルウィンが二人を案内したのは、タクシー乗り場だった。

「わたしがリムジンを運転するより、ずっと快適で安全ですから。さ、どうぞ」

軽く弁解しつつ、彼は運転手とごく短い会話をして、自ら司野と正路のために後部座席の扉を開けた。

最近は日本でも同じタイプのタクシーが見受けられるようになったが、ロンドンの空港で乗れる正規のタクシーは、すべてブラックキャブと呼ばれる黒塗りの車両で、運転手も厳しい試験をパスした、ロンドンの地理を熟知した人々だけなのだ、とセルウィンは説明した。

「ほんとに広いですね！」

司野と並んでシートに腰を下ろした正路は、感心しきりで車内を見回した。

日本のタクシー同様、調度はシンプルだが、天井が高く、ゆったりしている。

補助席を出し、二人の向かいにセルウィンが腰掛けても、足元が狭苦しい感じはまったくしない。

（運転も、まずまず安心……かな。ロンドンの道路の法定速度は、よくわからないけど）

正路はまだ少し緊張しながら、運転席のほうを見た。

後部座席と運転席は、樹脂製のボードでしっかりと区切られている。おそらくは防犯対策だろう。その気になれば、会話くらいはできそうだ。

ふと視線を移動させると、セルウィンが正路を見て、やはり笑顔のままで言った。

「ホテルは、ロンドン市内にあります。夕方ですので、道が少し混んでいると思いますが、まあ、一時間くらいの旅になりますかね」

「……ふん」

司野はうんざりした様子で目を閉じてしまう。

しかし正路のほうは、窓の外の眺めに興味津々である。

空港を出て十分ほどで、景色は一変した。

鮮やかな緑の牧草地と、そこここで草を食《は》む羊たちの群れ。なだらかな丘と、点在する石造りのコテージ、遠くに見える教会の尖塔《せんとう》と、そのてっぺんにある十字架。

まるで絵本そのものの牧歌的な光景に、正路は目を輝かせた。

司野の休息の邪魔をしてはいけないと思いつつ、思わず歓声を上げてしまう。

「うわあ、羊！　顔の黒い羊だ。テレビでよく見るやつ……」

正路の喜びようは、セルウィンには思いがけないものだったらしい。彼は、不思議そうに首を傾げ、小声で正路に問いかけた。

「アダチさん、羊はそんなに珍しいですか？」

正路は恥ずかしそうに答える。

「羊がっていうより、こういう光景、うんと田舎のほうへ行かないと見られないのかと思ってたんです。まさか、空港の近くに……」

するとセルウィンは、納得顔で頷《うなず》いた。

「この国には、あちこちにこういう場所がありますよ。羊は可愛いですが、怒った羊に頭突きをされると、大変に痛いです」

正路のほうに顔を近づけ、真剣な顔で囁《ささや》くセルウィンに、正路は思わずクスリと笑ってしまった。

「羊に頭突きをされるようなことをしたんですか？」

「わか……何でしたっけ。わかめのいかり？」

「ワカメの怒り？　それは何……あ、もしかして、若気の至り、ですか？」

セルウィンは笑って手を打った。

「そう、それです。ワカゲノイタリ、で、羊をからかったのです。わたしが悪いですね」

「それは……そうかも」

「アダチさんも気をつけてください」

会うのが二度目だからか、あるいは司野が目を閉じて眠っていると思ったからか、セルウィンの口調は、日本で会ったときより少し柔らかい。

「セルウィンさんも、ロンドンに住んでいるんですか？」

個人的なことを訊《き》いては嫌がられるかと思いつつも、正路がそっと問いかけてみると、セルウィンはこともなげに答えた。

「ええ。ジョンストン卿がお呼びのときは、すぐ駆けつけなくてはいけないので。レント……家賃、が高いので、フラットシェアをしています。わかりますか、フラットシェア」

「シェア……あ、シェアハウス？　誰かと一緒に住むってことですか？」

「そうそう。リビングルームやバスルームはみんなで、二階はわたし、三階は他の人」

「なるほど」

正路が頷くと、セルウィンは正路にも問いを投げかけてきた。

「アダチさんは？　アダチさんは、タツミさんのアシスタントと聞いていますけど、やっぱり、お店の近くに？」

「あ、いえ、僕は店の二階にお部屋を貰《もら》ってます」

「オウ、なるほど。スミコミですね」

「そんな言葉もご存じなんですね」

「ふふ、まあ。それにしても、渡航用の書類で見ましたが、アダチさんは、二十歳、とか。実は、もっとお若いと思っていました。十七とか、十八とか。可愛い方ですから」

セルウィンにそう言われて、正路は顔を赤らめた。

「それは……よく言われます。僕、どうも童顔らしくて。頼りないのもあるんでしょうね」

「ああ、いえいえ。そんなつもりは！」

セルウィンは少し慌てた様子で両手を振った。

「すみません、可愛い、は、失礼でしたね。許してください。お若いのに、タツミさんがロンドンまで連れてくるということは、きっと優秀なんでしょう」

今度はそんな買いかぶりをされて、正路の顔はますます赤くなる。

「いえ、僕なんか全然です。セルウィンさんこそ、お若く見えるのに、伯爵の秘書なんて、それこそ優秀なんじゃ……」

「わたしも、ドウガン、ですかね。今、三十二です。ジョンストン卿《きょう》には、他にも秘書がいるんですよ。色々なお仕事をなさっているので、その仕事ごとに、専門の秘書がいます」

「ああ、そうなんですね。じゃあ、セルウィンさんは……」

「わたしは、いつもはアンティークのお仕事をお手伝いしています。アートスクールを、卒業しましたもので。今回は、日本語を話せるので、お二人のお世話と通訳が、わたしの仕事です。ところで」

「はい？」

「わたしのことは、クリスと呼んでください。ロンドン滞在の間、秘書とアシスタントは、ええと……レンケイ、しなくては、ですからね。仲良くやりましょう」

セルウィンはそう言ってニコッとした。

年長者のセルウィンのほうから、見るからに頼りないはずの自分に「連携しなくては」と申し出てくれたことに、正路は恐縮して頭を下げた。

「ありがとうございます。セルウィ……クリス、さん」

「はい。クリスでもいいですよ？」

「それは何だか畏《おそ》れ多いので。クリスさんで。じゃあ、僕も、正路で」

「マサミチさん」

少し呼びにくそうにしながらも、セルウィンは正路の名を口の中で何度か繰り返す。正路は、慌てて言った。

「僕は年下ですから、呼び捨てで」

「うーん、日本人は、ビジネスの関係で呼び捨て、あまりないと聞いています。タツミさんが気を悪くするといけませんから、マサミチさんでいきましょう」

（そんな気遣いまでしてくれるんだ。いい人だな……）

セルウィンが気さくな人物でよかったと安堵《あんど》しつつ、正路は、さっき気になったものの訊《たず》ね損ねたことを蒸し返してみた。

「あの、ところで、何をして、羊を怒らせたんですか？」

少し驚いたように青い目を見開いたセルウィンは、「よほど羊が気になるのですね」と面白そうにしながらも、素直に白状した。

「本当に、ワカゲノイタリ、です。羊の鳴き真似を、ずーっとしていたら、よっぽどヘタだったんでしょうね、羊がイライラしてしまった」

「……そんなことだったんですか！」

「しつこいのはよくない。学びました。ああ、見てください、マサミチさん。今度は牛がいますよ」

「あ、ホントだ」

「牛も、羊のように、好きですか?」

「あ……えっと、微妙、かもです」

「おや。それは残念」

　話し上手で聞き上手のセルウィンは、それからも他愛のない話をしたり、正路にもあまりプライバシーに踏み込みすぎない程度の質問を投げかけたりした。

最初はぎこちなくやり取りをしていた正路も、口下手な自分の話を一生懸命聞いてくれるセルウィンとすっかり打ち解け、会話を楽しめるようになった。

　そのうち、セルウィンは運転席との間にあるパーティションを軽く叩《たた》き、運転手に早口の英語で何かを伝えた。

　どうやら、減速してくれとリクエストしたらしい。タクシーは、他の自動車の迷惑にならない程度に、スピードを落とす。

「タツミさん、少しよろしいですか?」

　正路にはやや砕けた口調で話すようになったセルウィンだが、司野には相変わらず慇懃《いんぎん》に呼びかける。

　ずっと目を閉じて微動だにしなかった司野だが、本気で眠っていたわけではないらしい。すぐに目を開け、「何だ」と応じた。

「もうすぐ、例のジョンストン卿のテラスドハウスの前を通過します。中に入っていただくのは明日《あした》ですが、今、外から軽く見ておいていただけましたら」

「わかった」

「では、右側を見ていてください。……このあたりは、高級住宅街なんですよ」

セルウィンが簡潔に説明したように、道路に面して建ち並ぶ家は、どれも、決して豪邸ではないが、瀟洒《しょうしゃ》な建築ばかりである。

田舎のコテージ風の一軒家、左右対称なデザインの家を中央で仕切り、二家族が暮らすセミ・デタッチドハウス、あるいは、凝った装飾が施された集合住宅のフラット、あるいはテラスドハウス。

どんなタイプの家でも、通りに面した出窓があり、そこにちょっとした美術品が飾ってあったり、たっぷりしたドレープの美しいカーテンを見せていたりする。

家の前にはごくささやかな庭しかないが、そこに美しい花を咲かせていたり、門扉や玄関ポーチが凝った造りだったり、とにかく見る者の目を楽しませてくれる一角になっている。

やがて、セルウィンは窓の外を指さした。

「これです。向かって右側が、ジョンストン卿所有のテラスドハウスになります」

「わあ」

司野は無言で、正路は感嘆の声と共に、目の前に現れた、写真のままの家を見た。

写真より実際は少し赤色が濃い、煉瓦《れんが》造りの壁。大理石の装飾はやはり灰色がかっているが、写真で見るよりずっと美しく大陽の光に映えている。

何より素晴らしいのは、このテラスドハウスの最大の特徴であり、おそらくジョンストン卿の心を捉《とら》えたであろう、大きなサンルームだった。

いわゆるゆらゆらする古式ゆかしきガラス窓の向こうには、籐《とう》編みの椅子が置かれているのがかろうじて見えた。

（あそこで日向《ひなた》ぼっこしたら、確かに気持ちがよさそう。でも……こうして外から見る分には、何か悪いものがいるようには思えないけど）

正路は、無言でじっとテラスドハウスを眺めている司野を見た。

司野の美しく整った横顔には、今のところ、何の感情も浮かんでいない。

西日を受けたその白い肌を見ていると、窓の外の風景と相まって、まるで一枚の油絵のように正路には感じられる。

たとえ減速しているといっても、ほどなく、タクシーはテラスドハウスの前を通過し、後ろの窓からも見えなくなってしまう。

「あと、十五分、二十分くらいでしょうか。おくつろぎください」

セルウィンが声をかけると、司野は返事もせず、再び目を閉じる。

正路は、飽きることなく、刻々と変わり続ける街の景色を眺め続けていた……。

ついにタクシーが停まったのは、ロンドン中心部、ピカデリー通りに面して建つ、いかにも重厚な建物の前だった。

夏だというのに、装飾的な上着を着こなしたドアマンが、すぐにタクシーの扉を開けてくれる。

正路は、タクシーから荷物を下ろそうとしたが、セルウィンは、やんわりとそれを制止した。

「マサミチさん、あなたは何もしなくていいですよ。それはポーターの仕事なので」

「あ……は、はい」

正路はギョッとして動きを止めた。確かに、それらしい服装をした若い男性が、タクシーから二人のスーツケースを下ろし、さっさとホテルの中へと運んでいく。

なるほど、建物からして、ここはいわゆる一流ホテルなのだと正路は悟った。

（またしても、僕には豪華過ぎるところに……！）

クラクラしながら、正路はセルウィンに促され、こちらは堂々としている司野の後ろから、ホテルに入った。

入り口は回転扉になっていて、一度にたくさんの人が入れないような構造だ。

これもまた、安全上の配慮なのだろうかと正路が考えていると、セルウィンは相変わらずの快活な口調で二人に言った。

「こちらは、ジョンストン卿《きょう》が一時滞在している『ザ・リッツ・ロンドン』です。お二人にも、こちらのジュニア・スイートをご用意致しました。同室で、と伺っておりますが、よろしいでしょうか？」

司野はさも当然というように、小さく顎《あご》を上下させる。

「かしこまりました。では、チェックインをして参りますので、こちらでお待ちを」

エントランスの狭さからは想像もできないほど広々したロビーに二人を案内し、ソファーを勧めると、セルウィンはフロントへと向かった。

もうすっかりこの場所には慣れっこのスムーズな動作だ。フロントの従業員ともすっかり顔なじみのようで、親しげに会話を始める。

正路は落ち着かない思いで、キョロキョロと視線を彷徨《さまよ》わせた。

ロビーの中央には、ヴェルサイユ宮殿にでもありそうな、豪華な装飾が施された金色の丸テーブルがあり、その上には巨大な大理石の花瓶が据えられている。

生けられているのは、これでもかというほどたっぷりの赤とピンクのバラで、その香りがほんのりとロビーじゅうに漂っている。

高い天井も、そこから下がるクリスタルガラスのシャンデリアも、絨毯《じゅうたん》も、カーテンも、その他の調度品も、とにかく正路のやや貧弱な語彙《ごい》を用いるなら、「ザ・豪華」である。

貴族の館《やかた》に庶民がひとり紛れ込んでしまった感じで、正路は自分の場違い感に、手が軽く震えるのを感じた。

「司野、僕、ホントにいいのかな、こんなところに泊めてもらって」

「またか」

飛行機のビジネスクラスに続いて明らかに萎縮《いしゅく》している正路に、こちらはどっかとソファーに腰掛けた司野は、ぶっきらぼうに言った。

「場所が人をつくる、と辰冬は言っていた」

「えっ?」

司野の亡き主《あるじ》の名前をロンドンで聞くと、いつもと違う感慨がある。

一瞬、緊張を忘れた正路に、司野は穏やかといってもいいくらいの口調で言葉を継いだ。

「身を置きさえすれば、どんな場所でも、いずれはそこにふさわしい人物になるのだと。ゆえに、様々な場所に行ってみねばならぬと、そう言って俺を都じゅう引きずり回し」

「……ふふっ」

「笑うな。いい迷惑だったが、そのせいで、どんな場所に行っても物怖《ものお》じなどしたことがない。いや、もとよりこの俺が物怖じせねばならん場所など、ないがな」

確かに、どこにいても変わらない司野のふてぶてしい発言に、正路の気持ちも少しばかり緩んでくる。

「その場合、『そのせいで』じゃなく、『そのおかげで』じゃないの?」

「誰が感謝などするか」

煩わしそうに吐き捨て、そのままの勢いで、司野はこう言った。

「ときに、あのテラスドハウスとやらの前を通ったとき、お前、何か感じたか?」

正路は、不安げにかぶりを振った。

「ううん、僕は、特に何も。司野は?」

「何か、羽虫のざわめき程度のものは感じた。だが……いや、いい。どのみち、明日、確かめればいいことだ」

普段から、不確かなことは口にしない主義の司野である。途中で話をやめたということは、彼ですら、テラスドハウスの怪異を紐解《ひもと》く手がかりを、まだ摑《つか》み切れてはいないのだろう。

(そうだ、色々あって浮かれちゃってたけど、僕たちは「憑《つ》きもの落とし」をしにきたんだった。落ち着いて……少しでも司野の役に立てるように、頑張らなくちゃ)

場違い感は少しも薄らがないが、司野の主である辰冬の「場所が人をつくる」という言葉は、今の正路にとってはささやかな救いであり、希望でもある。

（せっかくの機会を貰《もら》ったんだ。何ごとも経験だ……！）

自分にそう言い聞かせながら、正路は、バラの香りを胸いっぱい吸い込んで、何度か深呼吸を繰り返した……。

四章　闇に棲《す》むものたち

自分たちの客室に戻るが早いか、悲鳴とも苦悶《くもん》の声とも何ともつかない奇声と共に、正路はベッドに倒れ込んだ。

「ヴアァァアー」

自分のベッドに腰を下ろし、ネクタイを乱暴に緩めながら、司野はそんな正路に冷ややかな視線を向ける。

「なんの騒ぎだ」

「疲れたよぉ。大学受験より気疲れしたかもしれない」

ふかふかの大きな羽根枕に頬を埋《うず》めたまま、正路は正直な泣き言を口にした。

ネクタイを勢いよく首から引き抜いた司野は、それを倒れたままの正路の背中の上に放り投げた。次いで、仕立てのいいジャケットも脱ぎ捨て、これもまた正路にバサリと引っかける。

「阿呆《あほう》。飯を食うだけでそこまで疲労困憊《こんぱい》する奴があるか」

「だって……本物の貴族と、こんな超一流ホテルの個室で豪華ディナーだよ⁉　そんなの、司野はともかく、僕の人生では最初で最後だと思う」

さすがにご主人様のジャケットを被《かぶ》ったままではいられない。それに自分もまた、今回の旅行のために司野が買ってくれた、既製品とはいえ十分にいいスーツを着込んだままなのを思い出して、正路は、ダウン状態から立ち直るボクサーのような動きで起き上がった。

「どこで食おうと、誰と食おうと、飯は飯に過ぎん」

傲然《ごうぜん》と言い放ちつつ、司野は次々とワイシャツのボタンを外していく。

平安装束に慣れっこのはずの司野でさえ、三つ揃えのスーツはいささか窮屈であったらしい。

それにしても、羞恥《しゅうち》など微塵《みじん》もない堂々たる脱ぎっぷりに軽い感動すら覚えつつ、正路はベッドを降り、まずは司野のジャケットをハンガーに掛けながら、ふと思い出したように言った。

「そういえば、司野、クリスさんが『忘暁堂』に来たときはドレスアップなんて必要ないって感じだったのに、今夜はちゃんとスーツを着たんだね。しかも、ベストまで。凄《すご》くかっこよかったけど、僕は今夜も、司野はラフな服装を通すのかと思ってたよ」

そんな正路の素朴な疑問に、司野はワイシャツを脱ぎ、また正路のベッドへ器用に投げて、短く答えた。

「そんなことはせん」

「どうして？」

「領域の問題だ」

「領域？」

正路は、司野の言うことが咄嗟《とっさ》に理解出来ず、オウム返しをする。

シャツタイプのインナーも脱ぎ、均整の取れた上半身を惜しげもなく露《あら》わにした司野は、常識を語る口調で言った。

「この前、セルウィンと面会したのは、俺の領域内だ。俺の領域では、俺の流儀でやる。だが、今夜は違う。言うなれば、この国はジョンストンの領域だ。ならば、俺もお前も、奴の流儀に従うべきだろう」

「それ、アレだね。『郷に入っては郷に従え』！」

「お前にしては理解が早い。そういうことだ」

「凄くよくわかった！」

司野のワイシャツとネクタイはジャケットと同じくハンガーに、インナーはランドリーの袋に入れつつ、正路はなるほどと、もう一度呟《つぶや》いた。

「司野のやることって、唯我独尊って感じかと思ってたけど、違うんだね。TPOをわきまえてるっていうか、相手のことを考えてるっていうか……」

「当然だろう。上品に『領域』などといっても、早い話が縄張りのことだ。己の縄張りではよそ者に俺のルールに従わせ、他人の縄張りでは、そいつのルールに従う。互いに縄張りを奪い合う気がないなら、の話だがな」

「先方はともかく、司野には縄張りを奪う気がなくて、ホントによかったよ」

正路はそう言って、笑顔で司野を見たものの、すぐ顔を赤らめて視線を逸《そ》らした。

驚くべき素早さで、司野はボクサーショーツと靴下だけという、ほぼ裸の状態になっていたのである。

「ちょ、し、司野、気前よく脱ぎすぎ」

「何が悪い。というか、何故、赤面する。この身は、ただの作り物だぞ」

「わかってるけど、そうは見えないんだもん」

いったんは目を逸らしたものの、正路の視線は、ベッドに腰を下ろしたままの司野のほうへ、ちらりちらりと戻ってしまう。

まるで入浴前の幼児のような有様だが、正路の目の前にあるのは、辰巳辰冬が丹精して拵《こしら》えたという、見事な「器」だ。

（大きな声では言えないけど、たぶん、ダビデ像とかより全然かっこいい身体……と、顔だもんね）

正路は、心の中で司野の肉体、いや、「器」を讃《たた》えた。

同性というより、もはや妖魔《ようま》と人間という別種の生き物であるからか、司野の裸体は、セクシャルでありながら、同時に見事な美術品のような、崇高な美しさをも正路に感じさせる。

まるで流れ作業のように投げ渡されたスラックスを、あとでズボンプレッサーで手入れしようと思いつつ、ひとまずハンガーにかけてクローゼットに片付け、正路は思わず溜《た》め息をついた。

（本当に、綺麗《きれい》だな）

作り物だからと言われればそれまでだが、司野の全身は雪のように白く、ほくろひとつ、しみひとつ、傷痕《きずあと》ひとつない。

人間ではありえない、完璧《かんぺき》な肌。

そして、人間が一から鍛えたなら必ずどこかに不均衡がでるはずが、しなやかな筋肉は全身まんべんなくバランスよく整えられ、しっかりした骨格は、完全なる左右対称だ。

「高いところのものに手が届くように、力仕事を楽々こなせるように」

それが、辰冬が司野のための「器」を創ったときの指針だったそうだが、それだけではあるまい。

平安時代の絵巻物に描かれた人物像が、当時の美男美女の基準を反映しているなら、司野の目鼻立ちは、それとはまったく異なっている。

(むしろ、今どきの美形だよね)

そんなことを思いながら、正路はバスルームに用意されていた、分厚いふかふかのバスローブを持って来て、司野に差し出した。

「とりあえず、くつろぐならこれを着てみたらどうかな」

そんなことを言いながら、正路は、さっきのディナーの最中、通訳として同席していたセルウィンが、「このホテルは、どこもかしこも涼しくて、わたしにとっては天国ですよ」とおどけてみせたのを思い出した。

何故、そんなことをと訝《いぶか》る正路に、セルウィンは、ディナーの間、ずっとそうしていたように、雇い主であるジョンストン卿《きょう》のためには英語、そして司野と正路のためには日本語で、「イギリスの夏は、本来はもっと冷涼なので、暖房設備はあっても、冷房は備え付けられていない住宅がまだまだ多い」のだと教えてくれた。

「わたしの住まいにも、冷房はないんです。仕事から帰ると、昼間の熱をたっぷり蓄えた部屋は……何と言いましたか、シャクネツ、ヘル……じごく、で。ああ、これはジョンストン卿からのお給金が不足しているからではなく、わたしの住まいがとても古く、電圧の問題で冷房がつけられないだけ、ですよ」

当の雇い主の前で、そんなことを冗談めかして言ってのけるセルウィンの軽妙な話術に、緊張であからさまにガチガチになっていた正路も、ほんの少しだけ気持ちを緩めることができた。

「ここは冷房が効いてるから、涼しくて気持ちがいいけど、裸はさすがにね。もちろん、妖魔は暑い寒いなんて気にしないし、これしきのことで風邪を引いたりしないんだろうけど」

「当たり前だ。脆弱《ぜいじゃく》な人間と一緒にするな。……だがまあ、これはなかなか快適な羽織り物だな」

どうやらバスローブの肌触りは、妖魔のお気に召したらしい。

「どうせなら、そのままお風呂《ふろ》に入っちゃえば？　お湯、溜《た》めてこようか」

正路はクローゼットの扉を閉めたついでに、バスルームへ行こうとしたが、司野はそんな正路を呼び止め、室内にあるソファーを指さした。

そこへ座れ、という合図だ。

ジョンストン卿が二人のために用意したこの客室は、ジュニア・スイートというだけあって、思ったほど広くはないものの、なかなかに豪華な設《しつら》えだ。

天井は驚くほど高く、ピカデリー通りに面した大きな掃き出し窓には、小さなバルコニーがついている。

たっぷりドレープを寄せたカーテンは、これまた見事な巨大タッセルがついた紐《ひも》で優雅にまとめられ、室内のあちこちには、間接照明用の美しいスタンドライトが置かれている。

調度品は、司野と正路の趣味とはかなり違う、正路の語彙《ごい》を用いるなら「マリー・アントワネットが住んでそう」な装飾的かつ優美なデザインのものばかりで、椅子の張り地は、それぞれ異なる花柄が用いられている。

火が入るようにはもはやなっていないが、大理石の立派な暖炉があり、ライティングデスク、大きな鏡のある化粧机、クローゼット、テレビ台、そしてセミダブルのベッドが二つ、それに立派なソファーセット、というのが主な家具である。

限られたスペースにそれだけのものを詰め込んであるので、ともすれば雑然とした空間になってしまいそうだが、壁面と天井を潔く真っ白にすることで、このいささか物の多すぎる部屋をスッキリ見せている。

司野が指定したのは、壁際に置かれた、三人掛けの大きなソファーだった。

「……そこに座ればいいの？」

（僕も、もうちょっと楽な服に着替えたかったんだけどな……）

とりあえず、歩きながらジャケットだけは脱いで椅子の背に引っかけてから、正路は命じられるがままに、長いソファーの真ん中あたりに座ろうとした。

しかし、腰を屈《かが》めようとした途端、司野は短く指示を追加した。

「端に座れ」

「う、うん？　あ、司野も座るの？」

司野が自分のほうへ歩いてくるのを見て、正路は納得してソファーの隅っこに改めて腰掛ける。

他に一人用の大きな肘掛《ひじか》けのある椅子や、読書やうたた寝によさそうなハイバックチェアーもあるのに、わざわざ並んで座る意味合いは……と不思議に思いつつ正路が待ち受けていると、司野は何故か、正路から不自然に距離を空けてソファーに腰を下ろした。

そして……。

自分の腿《もも》の上に、司野の頭が勢いよく乗せられたのに気づいた瞬間、正路は思わず「ひゃん！」と奇妙な声を上げてしまった。

「な……な、な、何⁉」

それでも、驚いて飛び上がったりしなかったのは、ご主人様の頭を落としては大変という気遣いからだ。

「動くな」

横柄に命令を重ねて、司野は正路の腿の上に頭を預け、大きなソファーに長々と横たわった。さすがに長い脚のすべてはソファーに収まりきらず、踵《かかと》をふんわりした低い肘《ひじ》置きに乗せる。

(待って待って。これ、膝枕《ひざまくら》だよね。こんなこと……されたことも、したこともないよ)

「いや、だって、司野、これ、その」

動転する正路をよそに、司野は小さく息を吐いて目を閉じた。

「これしきのことで、心を騒がすな。『気』が乱れているぞ」

「あ……ご、ごめん。そういうことか」

相手が司野だけに、決して甘やかなシチュエーションを想定したわけではないが、単なる「栄養補給」の手段としての膝枕だと知って、正路は身体から力を抜いた。

妖魔にとって、人間というのは実に効率がよく、しかも味のいい、絶好の「食料」であるそうだ。

かつて、人間を「喰《く》って」いた司野だけに、今も、彼曰《いわ》く、甘露のような人間の血肉を激しく欲するときがあるらしい。

しかし、亡き主《あるじ》である辰巳辰冬により、人間を襲って喰らうことを呪《しゅ》によって禁じられている彼ができるのは、下僕にした正路から、血肉の代わりとなる「気」を吸い取ることだけだ。

いつもは、司野がそれを欲したとき、正路は彼の部屋に呼ばれ、彼と同じ布団で眠る。

正路がリラックスしていれば、彼の「気」は自然と隣にいる司野に流れ込み、司野の渇きを多少は癒《いや》すことができるそうだ。

妖魔《ようま》に限らず、他人と同衾《どうきん》したことなど、幼い頃、母と一緒に寝て以来の正路である。最初の頃はいちいち緊張して、なかなか上手《うま》く「気」を出すことができなかった。

今も、「気」の出し方、あるいは強さをコントロールすることはまったくできないが、休息中の司野は、いつもの短気や、刃物のような辛辣《しんらつ》さが少しばかり和らぎ、興が乗れば、自分の昔話をしたり、正路の話を聞いてくれたりする。

まるで修学旅行中、消灯後に布団の中で友達と話をして楽しんだときのようだと懐かしく思い出しつつ、いつしか正路は、司野と眠る夜を密《ひそ》かに楽しみにするようになっていた。

最初の夜こそ、司野に犯されそうになって仰天し、怯《おび》えもしたが、正路が勇気を振り絞って拒絶して以来、司野は決して同じことを試みようとはしない。

辰冬の呪が許さないことも無論あるだろう。しかし正路としては、それは司野なりの下僕への筋の通し方であり、あるいは……本人はそんなことを言おうものなら激怒するだろうが、司野の優しさでもあるように感じている。

突然の、予告すらなかった膝枕に驚きはしたものの、腿に感じるずっしりした重みを、正路は決して不愉快には思わない。むしろ、仕事のためにやってきたロンドンで、こんな風に静かな時間を持てるのが、嬉《うれ》しくさえある。

「こう見えても、一応男だからさ。僕の膝枕なんて、ゴツゴツしてて、何も気持ち良くないと思うんだけど……大丈夫？」

「問題ない」

司野は目を閉じたまま、ぶっきらぼうに答える。

「そっか、よかった。……ちょっとだけ、失礼」

手の届くところにあったクッションを取って腰に当て、自分も楽に座れるように工夫してから、正路は真下にある司野の顔を見下ろして言った。

「このホテル、何でもゴージャスだけど、さっきディナーをいただいた個室も凄《すご》かったね。テーマカラーが赤だと、壁も椅子もカーテンもテーブルの花もナプキンもキャンドルも、全部赤なんだなって。『不思議の国のアリス』の世界みたいだったね」

「趣味がいいとはまったく思わんが、潔くはあったな」

「そんな感じ」

容赦のない司野の感想に、正路もクスッと笑って相づちを打つ。

外国の、豪華すぎて馴染《なじ》めないホテルの部屋にいても、こうして司野と二人になると、ディナーの間じゅう続いていた正路の緊張が、ゆっくりとほどけていく。

間接照明が主体で、室内が思いのほか薄暗いせいもあり、司野とこうして話していると、「忘暁堂」の彼の部屋で共に眠るときのような気分になれるのかもしれない。

「まるで、子供の頃に読んだ絵本のお城で、ご馳走《ちそう》をいただいてる感じだった」

「イギリスの飯はあまり旨《うま》くないと、お前が買ってきた本には書いてあったが……」

司野はゆっくり目を開けると、正路を見返して言った。

「今夜の飯は、悪くなかった。素材に余計な手を掛けすぎていないのが、気に入った。調度品はゴテゴテと飾り立てすぎているが、飯はむしろ素朴なほどだったな」

「言い方！　でも、わかる気がする。盛り付けは凝ってて綺麗《きれい》だったけど、料理自体は、燻製《くんせい》とかローストとか、調理法も味付けもわかりやすくシンプルだったね。緊張してなかったら、もっとちゃんと味わえたんだろうな。残念」

「何を緊張することがある」

「あるよ！　食事マナーは大丈夫かなとか」

「くだらん。当のジョンストンが、ローストビーフの付け合わせの揚げた芋はこうして食うのがいちばんだと、手づかみで食っていたぞ」

「そういえば、そうだった」

司野の指摘に思わず笑ってしまいながら、正路は打ち明けた。

「ジョンストン卿《きょう》って、勝手にお爺《じい》ちゃんのイメージを持ってたのに、まだ若い人だったんだね。三十六歳って聞いて、びっくりしちゃった。司野はともかく、僕なんかにまで、あんなに気さくに話しかけてくださるなんて思わなくて、おかげで、いつ話を振られるかって、そっちでもずっとビクビクしちゃって……」

「馬鹿げたことを」

「司野は、ジョンストン卿とけっこう楽しそうに話してたね」

ディナーのときのことを思いだし、正路は嬉しそうにそう言った。

無愛想な司野のことだ、きっとジョンストン卿にももれなく無礼な態度を取るに違いないと、正路はディナーの前、密かに胸を痛めていた。

実際、仕立てのいいスーツを着こなしたジョンストン卿は、実に快活に司野と正路を迎えてくれたが、司野は握手にこそ応じたものの、ニコリともしなかったし、「会えて嬉しい」という決まり文句を返そうともしなかった。

だが、実際、ディナーが始まってみると、ジョンストン卿と司野は日本の食器について話を始め、特に、正路が知らない「くらわんか碗《わん》」というアイテムについての談義が盛り上がっていたようだ。

ジョンストン卿は英語で、司野は日本語で話すので、間に入って通訳をしていたセルウィンは、途中で何度か、正路に「大変だ」と目が回る仕草をしてみせたほどである。

「てっきり、骨董品《こっとう》を貨幣価値でのみ評価する輩《やから》かと思いきや、江戸の日常雑器に魅せられるとは、なかなか目の付け所がいい」

正路は驚いて、目をパチパチさせた。

「司野がそんな風に、大造さんとヨリ子さん以外の誰かを褒めるの、初めて聞いた」

「主を侮るな。俺は、見どころのある奴なら、人間だろうと妖魔だろうとそのへんの鳥だろうと、認める度量がある」

そのへんの鳥だろうと、と口の中で呟《つぶや》き、正路は柔らかな頬に小さなえくぼを刻む。

「僕も、そのへんの鳥に負けないように頑張らないとな。いつか、司野に褒めてもらえるように」

すると司野は、口角をちょっと下げて、心外そうな顔つきになった。

「いつも褒めているだろう。お前の『気』は旨いと」

「それは、僕の手柄っていうより、僕を育ててくれた両親とか祖父母のおかげだもん。のんびりした環境で、美味《おい》しい野菜をどっさり食べて育ったからね」

「ふむ、それもそうか。ならば、せいぜい精進しろ。……ときに、何故、俺に触れている？」

「え？　あ、うわっ、ゴメン！」

司野の指摘に、正路はキョトンとし……次の瞬間、大いに狼狽《ろうばい》して両手を軽くバンザイの形にした。

無意識のうちに、自分の腿《もも》の上にある司野の頭に、特に軽くウェーブした髪を指で梳《す》くように触れてしまっていたのである。

「謝れとは言っていない。何故、触れるのかと問うただけだ」

特段、気を悪くした様子もなく、司野は正路の顔をじっと見上げる。

「どうしてって……その」

正路はそろそろと両手を下ろし、戸惑い顔で少し考えてから答えた。

「司野の髪の毛、まるで絹糸の束を触ってるみたいに気持ちがよくて……それで、かな」

すると司野は、再び目を閉じてこう言った。

「お前が俺の髪に触れているとき、お前の『気』の濃さと甘さが増した。髪など、いくら触れても減りはせん。そんなにいいなら、触れていろ」

「……いいの？」

「構わん」

思わぬお許しが出た、というよりむしろ促されたので、正路は再び、司野の髪に触れてみた。

柔らかでスルスルと手触りのいい髪を指で梳いていると、下僕としては不遜《ふそん》であるが、とても大きな犬を可愛がっているような気分になってくる。

司野も悪い気はしないようで、どこか心地よさそうに、されるがままになっている。

それに安堵《あんど》して、最初はおっかなびっくりだった正路の手は、ゆったりと伸びやかに動くようになった。そんな彼の心に呼応するように、間接照明でやや薄暗い室内で、正路の全身が、淡い金色の光に包まれ始めた。

それこそが、司野が言う正路の「気」である。

今は亡き辰巳辰冬と同じ、稀有《けう》な金色の「気」は、やがて司野の長身をも毛布のように覆っていく。

（これが、「気」が濃く甘くなってるって状態なのか。でも……どうして？　こうして司野の近くにいて、司野に触っていると、なんだか安心するから、だろうか）

司野と出会い、自分の体から「気」が出ていることは理解した正路だが、未《いま》だに、詳しいことはよくわからない。

心身をリラックスさせることが肝要なのは確かなものの、それ以外の「気」の量や質を調整する要素については、さっぱり見当がつかないのだ。

（いろいろ、難しいことや知らないことが多いなあ）

そんなことをぼんやり考えていた正路の耳に、司野の静かな声が聞こえた。

「食事中に確信した。ジョンストン自身は、何にも憑《つ》かれていない」

急に仕事の話が始まったのに気づき、正路はハッと表情を引き締める。

「あ、う、うん。僕も、変な感じは特にしなかった。ご本人も潑溂《はつらつ》として、本当にお元気そうだったし」

「手は止めるな。確かに、ジョンストンは強い陽の『気』を帯びている。それは、奴が持って生まれた天賦の才、何より強い守護の力だ。闇は光に惹《ひ》かれはするが、強すぎる光には灼《や》かれて近づけない。さらに奴は現実主義者だ。テラスドハウスの異常事態に、迷惑してはいても無闇に恐れてはいないようだったな」

正路は、納得顔で同意する。

「わかる気がする！　僕たちに、『早くあの家で静かにくつろげるよう、そして安心してゲストを招けるようにしてほしい』って言ってたもんね。怖いから助けて、じゃなくて。強い人だなあって思ったよ。僕なら怖くて逃げ出しちゃう」

すると司野は、ニヤッと意地悪な笑みを浮かべた。

「お前のように、中途半端な陽の『気』を帯びている奴は、妖《あやか》しに狙われやすい。気をつけろよ、正路」

「えっ？」

正路がギョッとして何か言おうとするより早く、司野は真顔に戻って言った。

「ということは、やはり『何かいる』としたら、写真で見たあの家だろう。そして、それらはあの家から出てはこない。いい情報だ」

「そうなの？　テラスドハウスの中に、必ずいるってわかるから？」

「ああ。どこへでも逃げ出せる妖魔《ようま》より、ある程度場に縛られている妖魔のほうが、狙いやすいし、仕留めやすい」

「なるほど！」

「ただし、窮鼠《きゅうそ》猫を嚙《か》むということわざもある。油断は禁物だが」

司野は薄く目を開けて、正路をじっと見た。

「明日《あした》は、おそらく長い一日になる。今夜はよく休息しておけ。お前の、その『目』が必要になるやもしれん」

そう言って、司野は口を噤《つぐ》んだ。

正路は無言でしばらく待ったが、会話が再開される気配はない。

相変わらず目を閉じたままなので、正路には、司野が起きているのか寝入ってしまったのかすらわからない。

(妖魔は眠る必要はないって司野は言ってたけど、司野、わりと眠るのが好きみたいだな。それが、僕たちみたいな眠りなのか、ただ目を閉じてじっと休んでるだけなのかは、よくわからないけど)

司野とひとつ布団で眠るとき、深夜、正路がふと目を覚ますと、司野は傍らであまりにもきちんと横たわり、真上を向いて目を閉じている。まるで、布団の中で「気をつけ」をしているようである。

起動前のロボットのようなその姿に、「ちゃんと休めてるのかな」と心配になった正路が起き上がって顔を覗《のぞ》き込もうとすると、それより一瞬早く司野の手が伸びて、「夜明けにはまだ早い」と、布団に押し戻されてしまうのが常だ。

眠っていなかったのか、あるいは周囲の変化に瞬時に目覚めて対応できるのか……。

正路にはわからないが、いずれにせよ、何があってもわからないくらいぐっすり眠る、という心地よさを知らないのは、少し気の毒な気もする。

(僕が、守ってあげる！ って言えるようになったら。それを司野が信じられるくらいになったら、司野、本当にぐっすり眠ることができるようになるかな。いや、僕がそこまで頼もしくなる日は来ないよなあ)

そんなことを考えていたら、正路にもゆっくりと睡魔が忍び寄ってくる。

よく休息しろと言っておきながら、司野は正路を解放しないつもりらしい。

(ああ、このネクタイ、司野が凄《すご》く綺麗《きれい》に結んでくれたから、解《ほど》くのがちょっと勿体《もったい》ないな)

そんなことを思いながら、正路はそろそろとネクタイを解き、軽く畳んで肘《ひじ》置きに置いた。そして、ワイシャツのえり元のボタンを二つ外すと、ゆったり背もたれに身体を預け、司野の髪を……ともすれば、指先でこっそり少しだけ頭も撫《な》でながら、自分も目を閉じたのだった。

翌日の午後一時過ぎ。

司野と正路、それにセルウィンの姿は、例のロンドン郊外にある、美しいテラスドハウスの前にあった。

ロンドンっ子のセルウィンが「まあ、この国の天気というのは、こういうものです。天気予報が、日本ほど役に立ちません」と言うとおり、起床したときは快晴だったのに、ほどなく雲行きが怪しくなり、今は、再び晴れ間が覗いている。

空は晴れ渡っているが、さっきまでの曇り空のおかげで気温が低めに抑えられていて、比較的過ごしやすい。

正路など、どんな仕事でもできるように動きやすい服装をと考え、Tシャツを着てきたせいで、いささか肌寒いほどだ。

セルウィンは門扉を開けて二人を招き入れ、先に立って玄関ポーチへの短い階段を上がった。

驚くほどクラシックな「押すだけ」の丸いブザーを鳴らすと、重厚な玄関扉を開けてくれたのは、まさかのジョンストン卿《きょう》その人だった。

さすがに目を瞠《みは》る司野と正路をみずから出迎え、今日は明るい水色のスーツを着たジョンストン卿は、人好きのする明るい笑顔で言った。

「やあ、この家の怪異を経験すると、うちのアシスタントたちは、誰も同行したがらなくてね。やむなく、僕がひとりで先に来て、待っていたんだ。オンミョウジには、日本の歴史やカルチャーを愛する者として、興味がある。仕事ぶりを見学しても構わないだろうね、タツミさん？」

セルウィンの通訳でそう問いかけられた司野は、ムスッとした顔で、「俺は陰陽師《おんみょうじ》ではないが」と言ったものの、依頼主の希望をすべて撥《は》ねつけるようなことはしなかった。

「邪魔をせんなら見ていても構わん。だが、妖しは日のあるうちは闇に潜んでいるものが多い。本格的に動くのは夜になるだろうし、そちらは安全の保証はしてやれん。今は、あくまでも下見のようなものだ」

司野が話すことを、セルウィンが片っ端から英語に通訳してジョンストン卿に伝える。

（たぶん、だいぶ礼儀正しいバージョンに変換されてるんだろうな）

そんな推測をしつつ、正路は、エントランスに立ち、家の中を見回した。

何しろ五軒がピッタリくっついた構造になっているので、一軒ずつの幅はかなり狭い。

　中に入ってみれば、まさに京都の町家でよく言われるところの「鰻《うなぎ》の寝床」感が、この家にもあった。

　エントランスは極めて狭く、すぐ目の前に、二階へ上がる急な階段がある。階段の下は、小さな物置になっているようだ。

「オーケー。とにかく、家の中を案内しよう」

　司野に見学を許されたジョンストン卿は、ワクワクを隠せない様子で、二人をさっそく、玄関脇にある部屋へと案内した。

「ここは、わたしの生活スペースとなる。リビングと、一段高いところがダイニングキッチン。この一段上がる、というのが、この国のちょっとクラシックなデザインでね。躓《つまず》かないように気をつけて」

(物が！　というか、情報が、多過ぎる！)

　リビングルームに入った瞬間の正路の感想は、まさかのそれだった。

　司野が経営する「忘暁堂」で、物が多すぎる環境には慣れっこの正路だが、それでも、ジョンストン卿がみずからプロデュースしたというリビングルームには、度肝を抜かれてしまった。

隣で司野も、変な食べ物を口にしたような顔つきをしている。

「ご……豪華、ですね」

それが、正路に言える唯一の肯定的な感想だった。

何しろ、有り体に言えば「絵だらけ」なのである。

床に敷かれているのは花柄の大きな絨毯《じゅうたん》。壁紙も、緑色がベースになっており、そこに様々な植物や鳥が描かれている。細密だが、なかなか圧迫感のあるデザインだ。

壁側の中央には、白い大理石の大きな暖炉があり、その上には左右対称に、照明やオブジェがびっしり並べられていた。どれも、おそらく価値のあるアンティークに違いない。

暖炉の前にあるソファーの張り地は、今度はヴィクトリア風の優美な花模様。こちらはピンクが主体で、低いテーブルにも花模様のクロスがかけられている。

とどめに、壁面には、様々な風景画、植物のイラストなどが額装されて、とんでもない密度で掛けられており、正路はもはや、どこを見ればいいのかわからなくなる。

(色と模様の洪水だよ)

思わず眩暈《めまい》に襲われそうになり、正路は額に手を当てた。

十畳ほどのこぢんまりした室内で、唯一、目と脳を休められるのは、通りに面した出窓だけだ。

「ははは、好きなものを全部詰め込んだら、こうなってしまった」

司野と正路の表情から、言いたいことは汲《く》み取れたのだろう。ジョンストン卿は言い訳めいた口調でそう言い、ダイニングキッチンのほうを片手で示した。

「あちらも案内しようか。キッチンは、機能性は保ちつつも、随所にヴィクトリア風の要素をちりばめてね。なんといっても念願のAGA《アーガ》オーブンを……」

だが、正路が返事をする前に、司野は不機嫌な顔つきで言い放った。

「好きに歩く。ついてくるのは構わんが、邪魔をするな」

セルウィンからその要望を伝えられたジョンストン卿は、いささか物足りなそうに「そうかい？　勿論《もちろん》、お好きに。質問があったら何でも」と引き下がった。

「正路」

司野に低く呼びかけられ、正路は忠犬よろしく、すぐに司野に歩み寄る。

「恐ろしく趣味の悪い部屋だが、それ以外の問題はないようだな」

さすがにこれはセルウィンに通訳されたくなかったらしく、司野は早口の小声で正路に言った。正路も、曖昧《あいまい》に頷《うなず》いて同意し、囁《ささや》き声を返す。

「今のところ、僕も、そういう意味では何も」

司野は頷くと、律儀にそれなりの距離を空け、手持ち無沙汰《ぶさた》に自分たちを見ているジョンストン卿とセルウィンに声をかけた。

「この家に、地下室はあるか？」

それには、主《あるじ》にお伺いを立てるまでもなく、セルウィンが即答した。

「いえ。この家では、使用人のための部屋を半地下ではなく、屋根裏に用意しております。湿度の関係と聞いております」

「なるほど。地下に潜む可能性は排除していい、か。では、二階へ行ってみるか」

そう言いながら、司野は人差し指の先で、スッと正路の眉間《みけん》に触れた。

「！」

軽い電流が走ったようなピリッとした刺激に、正路は小さく身を震わせる。

司野が指を置いた箇所には、皮膚の下に潜む「第三の目」があることを、正路は司野に教わって既に知っている。

普段は何の役にも立たず、眠っているが、こと、この世にあらざるものたちの存在に対しては鋭敏に反応することができる、不思議な「目」だ。

正路は幸いにも、この「第三の目」を持ちあわせてはいるが、自由自在にそれを開くことはまだできずにいる。ゆえに、司野が、少し起動の手伝いをしてくれたというわけなのである。

（つまり、この「第三の目」が必要になるってこと？）

正路の疑問に、司野は短く答える。

「妖《あやか》しならば、俺の領域だ。しかし、もともと人であったものならば、お前のほうが強く感じられるやもしれん。先に立て」

「……はいっ」

正路は、大人しい彼にしては気合いの入った返事をして、リビングルームからエントランスに出た。

こちらはシンプルな、無地の藤色のカーペットが敷き詰められた廊下には、特に違和感はない。

木製の手すりのある階段を見上げて、正路はゴクリと生唾《なまつば》を呑《の》んだ。

恐怖心は勿論あるが、命の恩人であり、しかも、下僕だなんだと言いつつも、何くれとなく、さりげなく、自分に救いの手を差し伸べてくれる司野の役に立てるなら、という思いが、正路の足を階段へと一歩、進ませる。

後ろから司野が、そして例によって微妙な距離を取って依頼人主従がついてくるのを確かめてから、正路はゆっくりと階段を上り始めた。

一息に二階まで……と思ったが、数段上がっただけで、正路は背筋が急にゾワッとするのを感じた。

(何だ、これ。警戒してる猫が背中の毛を立てたい気持ち、ちょっとわかる気がする)

一段上がるごとに、気圧《けお》される、という表現がピッタリの圧を感じる。

さっきのリビングルームとは対照的に、廊下と同じ藤色のカーペットが敷かれ、壁は白いしっくい塗りで、むしろスッキリした清々《すがすが》しい雰囲気の空間のはずだ。

それなのに、「これ以上は上がりたくない」と、正路の本能が盛んに訴えてくる。

思わず振り返った正路に、司野は小さく顎《あご》をしゃくってみせる。

そのまま行け、という指示だ。

嫌な感じの正体がわからないまま、正路は従順に、しっかりと手すりを持って慎重に、階段を上がっていく。

(うう、ゾクゾク感、上がってきた。風邪を引いたときみたいだ)

見えない大きな手に、上から頭を押さえつけられているような身体の重さ。

空気中の酸素濃度がいきなり低下したのかと思うほどの、息苦しさ。

そして何より、全身を襲う寒気。

小刻みに震え、むき出しの両腕に鳥肌を立てながら、正路はどうにか二階へ上がった。

振り返れば、司野はともかく、あとに続くジョンストン卿《きょう》とセルウィンも平然としている。

「どうやら、奴らにはこの手のことを感じる力が、生まれつき欠けているか、あるいは弱いようだな。奴らにとっては、幸せなことだろう」

正路の傍らにやってきた司野は、ボソリと言った。正路は、自分も感じたくはなかった、と言葉に出すのはやめて、ただ小さく頷くだけにする。

「司野、何かがいるね、このあたり」

正路がそう言った途端、二階の廊下の壁に掛けてあった小さな静物画の額が、突然、音もなく落ちた。

「うわっ」

正路は、思わず悲鳴を上げる。

二階の廊下にも、藤色のカーペットが敷かれていたおかげで、額は割れずに済んだが、正路がホッとする間もなく、今度は半開きの扉の向こう……おそらくはバスルームとおぼしき部屋から、何かが落ちて砕ける音が聞こえた。

(し、司野。これ……)

「さっそくの歓迎か」

司野は振り返り、ジョンストン卿とセルウィンに、片手の小さな動きで、それ以上近づくなと指示した。

邪魔はしないという当初の約束どおり、二人は階段の半ばでピタリと足を留め、黙って待機する。

司野は鋭い視線をあたりに向け、落ち着き払った様子で正路に指示を出した。

「お前がそうも反応するところをみると、ここに巣くっているのは、もとは人間だったものたちだろうな。お前がひとりで歩いて、探ってみろ。俺では妖力《ようりょく》が強すぎて、『連中』を刺激してしまうかもしれん」

「わ……わかった。やってみる」

初めてきた場所である上、背中に、ジョンストン卿とセルウィンの興味津々の視線を感じて、どうにもやりにくい。それでも正路は、勇気を振り絞り、小さい歩幅で慎重に歩き出した。

まずは、目の前にある扉を開けてみる。

案の定、そこはバスルームだったが、正路が部屋に入った途端、便器の蓋《ふた》がひとりでに上下した。

「ヒッ」

絵に描いたような、ポルターガイスト現象である。

さっき落ちたのは、歯磨き用のグラスだったようだ。バスタブの中に、ガラスの破片が散乱している。

(嫌な気配を感じるけど……昼間だから、力が出せないんだろうか。積極的に攻撃してきたりはしないな)

怯《おび》えながらも、どこかで冷静に思考する自分に驚きながら、正路はいったんバスルームを出て、隣の部屋へ入ってみた。

「寝室だ」

そこは、貴族の寝室としてはやけにちんまりした、八畳ほどの部屋だった。

とはいえ、部屋の中央にどんと据えられたベッドは、重厚な木製の、細かな彫刻が施されたもので、天蓋《てんがい》もついていて、実に立派な品だ。

ただ、ジョンストン卿の趣味が反映されているらしく、ここも壁と絨毯《じゅうたん》、そして寝具が緑色に統一されていて、それぞれ模様がとても賑《にぎ》やかだ。

絵画は飾られていないが、代わりに珍しそうな植物の鉢がたくさん置かれ、実に個性的なインテリアというより他がない。

「うわっ、ここでも」

すぐ傍にあった大きな鉢が倒れてきて、正路は驚いて脇によける。

床に倒れた鉢から、湿った土が絨毯に零《こぼ》れ、掃除好きの正路は、二重の意味で呻《うめ》き声を上げた。

「高そうな絨毯なのに……」

思わずそんな言葉が漏れてしまうが、無論、他人の家を片付けている場合ではない。

少し申し訳ない気持ちを引きずりつつ、正路は室内を見回し、他に異状がないことを確かめて、部屋から出た。

階段を上がったところで壁にもたれて立っている司野は、正路と目が合うと、視線を廊下の突き当たりへと向ける。

正路は頷《うなず》き、突き当たりの扉を開けた。

「……うわあ……！」

そここそが、写真でこの建物を見たときにもっとも印象的だった、広いサンルームだった。

床から高い天井まで、上のほうではゆるいアーチを描きつつ、鉄骨の頑強なフレームに、ゆらゆらしたガラス板がたくさん嵌《は》め込まれている。

今どきの総ガラスの大窓ほど眺望はよくないが、日光だけはふんだんに差し込むので、六畳ほどの室内は、入るなりクラッとするほど暑い。

さっきまで寒気で震えていた正路の肌からは、たちまち汗が噴き出した。

(ここは……大丈夫だ)

やはり、日光という圧倒的な陽の「気」には、この家に巣くう妖魔たちも太刀打ちできないのだろうか。

サンルームに入るなり、さっきまでの圧迫感や息苦しさが拭《ぬぐ》ったように消え、正路は思わず深呼吸をした。

竹をモチーフにした、淡い黄緑色の壁紙は爽《さわ》やかで、床面の無垢板《むくいた》も、時代を刻んで渋い味わいを見せている。

置かれた家具も籐製《とう》のノスタルジックなものを揃えてあり、懐かしさも手伝って、この家でもっとも心地よい空間だ。

（ここなら、落ち着いて「第三の目」を使えそう）

いざというときにひっくり返ると困るので、正路は躊躇《ためら》いつつも、いちばん近くにあった籐編みの椅子に腰を下ろした。

目を閉じ、小さな肩を上下させてできるだけ力を抜くと、さっき司野が触れて、そこにあると再確認させてくれた「第三の目」に意識を向ける。

最初は難しいが、やがて体内の「気」が、「第三の目」があるあたりに集中していくのが、自分でも感じられるようになる。

眉間《みけん》にある不可視の大きな瞼《まぶた》が、ゆっくり開くさまをイメージすると、やがて、正路の脳で、それまで見えていなかったものが映像化され始める。

（……何か……寄り集まった小さな影たち……？　どこだ……？）

見えているというよりは、直接、脳が感知しているような不思議な感覚を味わいながら、正路は、「第三の目」をレーダーのように使い、探索範囲を少しずつ移動させていく。

日頃から、司野に「第三の目」の使い方を教わり、少しずつできることを増やしつつある正路だが、司野とて、すべてを言葉で説明することはできない。肝腎《かんじん》なところは、正路が自分で試行錯誤するしかないのである。

（なるほど、そこか。……ん？　なんだか、他の感覚も……）

さらに意識を集中しようとしたとき、背後から大きな音が聞こえて、正路の集中は無惨に断ち切られた。

「うわっ」

せっかく開いていた「第三の目」は瞬時に閉じ、突然戻ってきた本来の視覚が上手《うま》く脳と再接続できずに、視界がチカチカする。

それでも物音の原因と、司野たちのことが心配で、正路は椅子の背に縋《すが》ってどうにか立ち上がり、声を張り上げた。

「どうしました⁉」

すると、近づいてくる足音が聞こえて、すぐ近くで司野の声がした。

「落とした」

「……え？」

「お前に探られているのが不愉快だったんだろう。『何ものか』が、浴室でシャワーヘッドをホルダーからバスタブに落としたんだ」

「あ、ああ、なるほど。みんなは無事なんだね？」

「ああ、問題ない」

ホッと胸を撫《な》で下ろす頃には、正路の視覚も正常に戻ってきた。彼は、司野に報告を試みた。

「探ったところ、たぶん、ひとりじゃなく、たくさんの……影みたいなのが、上にいる」

「上？」

「たぶん、屋根裏。頭の上から、ざわざわ、話し声みたいなのが聞こえた。ただ、言葉にはなっていなかったように思う」

「ということは、やはりもとは人間か」

「そんな印象だね。言葉になってなくても、何だか、人の会話みたいに聞こえた」

「ふむ」

「あと、シャワーヘッドが落ちた音で集中が切れちゃって、はっきりとは感じられなかったから、自信はないんだけど」

「言ってみろ」

司野に促され、正路は自信なげに、それでも正直に打ち明けた。

「ほんの数秒、焦げ臭さ……と、凄《すご》い熱を感じた」

「熱？」

「頬が炙《あぶ》られるみたいに熱くなった。そんなことは初めてだったから、ちょっとびっくりしたよ。僕が感じ取れたのは、その程度。何か、役に立つかな、この情報」

不安そうに問いかける正路に、司野は小さく肩を竦《すく》めてみせた。

「何であれ、情報はないよりはあったほうがいい。……そうか、あるいは」

司野は独り言を言いながら踵《きびす》を返すと、階段を下り、階段の途中で「見学中」であったジョンストン卿《きょう》とセルウィンに何ごとか告げた。

セルウィンは、スーツの胸ポケットから手帳を出し、何かを素早く書き付け始める。

(司野、何か気づいたことがあるのかな?)

司野の傍へ行き、自分も会話に加わりたいと思った正路だが、サンルームを出るなり、さっき彼が存在を感じた、屋根裏の「もの」たちの妖気《ようき》が、再び正路を苦しくさせる。

しかも、「第三の目」を使った直後は、水の中で動いているかのように全身が怠《だる》くて重い。おそらく一時的に「気」を消耗しているせいだろう。

(うう、つらいな。早く外に出たい。だけど、ジョンストン卿を押しのけて階段を下りるわけにはいかないし、何より、身体が思うように動かない)

正路が二階の廊下の壁にもたれ、どうにか身体を休めている間に、司野は二人とやり取りを済ませ、正路を見上げて声を掛けた。

「おい、用は済んだ。帰るぞ」

「あっ、はい！」

こういうとき、司野は待ったなしだ。それに、司野が速やかに現場を離れようとしているのは、屋根裏に潜む「もの」たちを油断させ、彼らの力が増して、捕捉《ほそく》しやすくなる夜を待つつもりなのだろうと正路は察した。

（行かなきゃ）

正路は重い身体を壁から引き剝《は》がし、上るときよりもなお慎重に、階段を下り始めた。

しかし、半ばまで来たところで、うっかり足が縺《もつ》れ、そのまま階段を転げ落ちそうになる。

「うわああ」

「危ない！」

そのとき、司野より素早く動いて正路を抱き留めてくれたのは、セルウィンだった。

「マサミチさん！　大丈夫ですか？」

「あ……ああ、す、すみません」

「顔色がよくないですね。少しリビングで休んだほうが」

セルウィンは、小柄な正路を抱き上げて運ぼうとしたが、それをやや荒っぽく制止したのは司野だった。

「こいつのことは、構うな。共にホテルに戻る」

そう言うと、正路の二の腕を摑《つか》み、乱暴にセルウィンから引き離す。

「司野、そんな言い方は」

摑まれた腕の痛みに耐えつつ、正路は司野をやんわり窘《たしな》めようとする。

だが、セルウィンは、「いいんですよ。確かに、ホテルのベッドで休んだほうがいいかもしれません」と、むしろ笑顔で取りなした。

やがて、この後別件があるというジョンストン卿とセルウィンにいったん別れを告げ、司野と正路は、例の大きな黒塗りのタクシーで、ロンドン市内の宿に戻ることになった。

さっきまで快晴だった空は、再び曇りつつある。

「ほんとに、ロンドンの天気は目まぐるしく変わるね」

正路は、隣に腰掛ける司野に話しかけた。だが、返事はない。

「……ごめんなさい」

正路が小さな身体をなお小さくして詫《わ》びると、司野は低く舌打ちした。

「何故、謝る」

「何故って、さっきふらついて、クリスさんに迷惑をかけてしまったから。それを怒ってるんじゃないかと思って」

「何故、俺がそんなことで腹を立てねばならん」

つっけんどんな司野の物言いに、正路は困惑しながらも言い返した。

「現に今、司野、いつもより機嫌が悪いよ？　僕が階段で転びかけてからずっと、今みたいな怖い顔をしてる。それが理由じゃないなら、どうしてそんなに不機嫌なの？」

返答は、再びの舌打ちだった。

少しばかり「第三の目」を使った程度でヨレてしまう自分の脆弱《ぜいじゃく》さに、司野が苛立《いらだ》っているのではないかと正路は考えていた。だが、謝ったら咎《とが》められ、腹立ちの理由を訊《たず》ねたら舌打ちされて、どうしていいかわからなくなってしまう。

「司野……」

「下僕の分際で、主《あるじ》の機嫌に口を出すな」

窓の外を見ながら、司野は正路を突き放すような物言いをした。

テラスドハウスを離れ、妖気から解放されたこともあり、正路の体調自体はずいぶんよくなっている。しかし、司野の怒りの理由がわからない不安から、正路の顔色は、むしろさっきよりなお青白い。

その迷子のような顔をチラと見た司野は、三たび舌打ちしてから、吐き捨てるように言った。

「俺にもわからんのだ」

「……え？」

「何故、こんなに苛つくのか、俺にもわからんと言っている。俺自身にわからないものが、お前にわかるはずがない。だから、気にするな」

出会ってからというもの、何ごとも明快に断言し、一刀両断してきた司野が、初めての迷い、あるいは困惑の色を表情と声に滲《にじ》ませている。

その事実に、正路もまた、つられて戸惑ってしまう。

「でも、司野」

「いいから、忘れろ」

そう言うなり、司野は正路の肩に手をやり、その華奢《きゃしゃ》な身体を自分のほうへグイと引き寄せた。

「わっ」

たちまち正路は、司野のたくましい肩口から二の腕にもたれかかる姿勢になる。

驚いて身を硬くした正路だが、その荒っぽさが、さっきまでの怒りのせいではなく、むしろ照れ隠しであることに気づいたのは、司野の「休め」という命令の響きのおかげだった。

(あ、もう怒ってない。というか、まだ怒ってはいるんだけど、それは僕に対してじゃない……ってことなのかな)

少しだけ安堵《あんど》しながらも、司野の感情が理解しきれず、正路は司野のワイシャツの袖《そで》に頰を押し当てて思いを巡らせる。

(じゃあ、司野は何に腹を立てているんだろう)

正路としては不思議でならないが、司野自身がわからないことをどれだけ問い質《ただ》しても、答えを得られるはずがない。

どれほど人間そのものに見えても、確かな質量がそこに存在していても、司野の身体は辰冬が創った「器」であり、体温は存在しない。

ひんやり冷えきった司野の腕に、自分の体温がジワジワと移って温まっていくのを、正路が何となく嬉《うれ》しく感じていると、司野がまたボソリと言った。

「セルウィンに、調べ物をさせている。その結果が俺の思ったとおりなら、お前には今夜、大事な役割を果たしてもらう」

「僕に？　憑《つ》きもの落としのお手伝いができる？」

「ああ」

司野は頷《うなず》き、こう続けた。

「宿に戻ったら、何か食って、夜まで休息しておけ」

「司野は？」

「俺は、やることがある。それが終われば、休む」

「そっか。……わかった」

夜にテラスドハウスに戻って、本格的にさっきの妖《あやか》したちと対峙《たいじ》することは、司野の中では既に決定済みらしい。

そこで自分が果たす役割とはどんなものか知っておきたいと正路は思ったが、司野のことだ、事前に事細かに説明するつもりはないだろう。

（司野の期待に、応《こた》えられますように。すべて、上手《うま》くいきますように）

そう祈りながら、正路は司野の腕に心地よく寄りかかったまま、窓の外を流れる異国の風景に見とれていた……。

その夜、午後十一時過ぎ。

ホテルのエントランスロビーに下りてきた正路は、昼間と同じスーツ姿のセルウィンの姿を見つけ、駆け寄った。

「クリスさん！　こんばんは！」

セルウィンは、正路を見て、いつもの仕事用のクリーンな笑顔ではなく、少しくだけた笑みを浮かべた。

「ああ、マサミチさん！　昼間よりうんと顔色がよくなりましたね。よかった。よく休めましたか？　夕食は？　どこかへ食べに行かれるなら、手配しようと思っていたんですが……お休みの邪魔をしてはいけないと思って、連絡しませんでした」

正路も恥ずかしそうに笑って頷く。

「はい、すっかり。夕方にルームサービスで、サンドイッチをいただきました」

「ああ、そりゃよかった。ここのクラブハウスサンドイッチはゴージャスだから」

「本当に！」

正路が同意すると、セルウィンはニコニコしたが、ふと、「失礼」と真顔になって、正路の首筋に手をやった。

夜は昼間よりさらに冷えそうだと、正路はTシャツの上から長袖《ながそで》のネルシャツを着込んできたのだが、セルウィンが触れたのは、そのシャツの襟だった。

「クリスさん？」

ビクッとして身を引こうとした正路に、セルウィンは悪戯《いたずら》っぽく片目をつぶり、秘密めいた小声で耳打ちした。

「襟はもう少し寄せておいたほうがいいですよ。セクシーなキスマークが見えていました。深夜とはいえ、刺激が強いです」

「ヒャッ！」

正路は文字どおり飛び退《すさ》り、両手でシャツの襟元を押さえた。

「キ……キスマークって」

「確かについていました、ここに」

動転する正路を含み笑いで見やり、セルウィンは自分の首筋を指さしてみせる。

(もう……司野ー!)

正路は、心の中で盛大に非難の声を上げた。

妖しに対峙する前に、司野は正路から少しばかり「気」を奪うことがある。

彼曰《いわ》く、「仕事の前の景気づけ」だそうで、その手段は、傍目《はため》にはキスである。

ただし、それは恋愛感情を伴うものではなく、単にそれが簡単だからというだけの理由なのだが……今夜は、いささか勝手が違っていた。

ついさっき、「先に下りていろ」と命じられた正路が部屋を出ようとすると、司野はそんな正路を呼び止め、近づいてきて、おもむろに首筋に歯を立て、強く吸ったのである。

驚く正路に、「たまには趣向を変えてみた。これも悪くない」と司野はニコリともせずそう言っていたが、まさか痕《あと》まで残されていたとは、正路には思いもよらないことだった。

「ち、違うんです! これは、その」

正路は弁解を試みようとしたが、セルウィンはそれをあっさり遮った。

「ああ、タツミさんがいらっしゃいました」

「！」

正路はハッとして振り返った。

堂々と通路を歩いてくる司野は、濃いグレーのタートルネックのシャツにスラックスというお馴染《なじ》みの服装をしている。

さすがに、これから大仕事に向かうというのに、首筋にキスマークを残したことを責め立てるわけにはいかず、正路はただ、恨めしげな視線を司野に向けるしかなかった。

司野はといえば、正路には目もくれず、セルウィンに対してぶっきらぼうに問いかけた。

「ジョンストン卿《きょう》は？　現場か？」

「いえ。てっきりまた『見学』にお出ましかと思ったのですが、ホテルのお部屋にお戻りになりました。お疲れだとかで、見届けのお役目はわたしに」

セルウィンは苦笑いで、雇い主が宿泊しているフロアを示すように、軽く天井を指さしてみせる。

司野は、「食えない男だ」と肩を竦《すく》めた。

「現場で何かトラブルがあったとき、自分がそこに居あわせては厄介だと考えたんだろう。俺も舐《な》められたものだな」

「い、いえ、そんなことは、決してない……ないかな?」

微妙な否定をして、セルウィンは今度はあからさまなごまかし笑いをしつつ、「それより、タツミさん」と、強引に話題を変えた。

「お訊《たず》ねの件、調べてきました。驚きましたね。わたしだけでなく、ジョンストン卿も驚いておいででした」

正路は、セルウィンの話に興味を惹《ひ》かれ、控えめに問いかけた。

「いったい、何がわかったんですか?」

「火事ですよ」

セルウィンは簡潔に答える。正路は、小首を傾げた。

「火事? あのテラスドハウスが、火災に遭ったことがあるんですか? でも、そういうトラブルに見舞われたことはないって、確か最初に」

セルウィンはそのとおりというように大きく頷いた。

「テラスドハウスの購入を決定する前、そういう災害や事件がなかったかは、きちんと調べたんです。ですけど、近所のことまでは、さすがに」

「近所?」

「あのテラスドハウスを建築中、とても近いところで火事がありました。八人、焼け死んだと記録にありましたね。どうしてわかったんですか、タツミさん？」

不思議そうなセルウィンに、司野は正路を顎《あご》で示した。

「昼間、こいつが焦げ臭さと熱を感じたと言ったからだ。……そこで焼け死んだ連中の魂が、居場所を求めて、まだ誰も住んでいなかった建築途中のテラスドハウスに迷い込んだんだろう」

「なるほど！」

セルウィンはポンと手を打つ。そんな納得の仕草は万国共通なのだろうかと思いながら、正路は司野の顔を見上げた。

「焼け死んだ人たちが幽霊になって、あのテラスドハウスに居着いたってこと？」

司野は小さく頷《うなず》く。

「不慮の死だったが故に、己の死を受け入れることができなかったのかもしれん。人間というのは、生に執着する生き物だからな。それで揃って、幽霊になった」

「……わかる。突然死ぬのって、本当に心の準備が出来てなくて困るもん」

轢《ひ》き逃げ事故で死にかけた経験がある正路は、やけに実感のこもった口調で相づちを打ち、気の毒そうに嘆息した。

司野のほうは、そんな正路をどこか面白そうに見やり、淡々とした口調で言った。

「だが人間の魂は、肉体を失うと、徐々に劣化していく。お前が昼間に感じた、寄り集まった小さな影というのは、もはや人の姿を失った幽霊たちの姿だ」

「ああ……なるほど」

「人間の魂は、死した場所から動けなくなるものだ。死後、すぐに逃げ込んだテラスドハウスが、奴らを守り、同時に縛ってきたのだろう」

セルウィンは、感心を通り越し、感動すらしている様子で、少し上擦った声を出した。

「では、タツミさん。ジョンストン卿が買い取った一軒が、ずっと空き家がちだったのは……」

「おそらく、そもそもジョンストン卿のテラスドハウスは、五軒のうち、最後に住人が入ったんだろう。先の四軒には居場所がなくなった幽霊たちは、空き家だった一軒の、いちばん暗い屋根裏に陣取った。そこから離れたくない、離れられない奴らは、何も知らずに家を買い、越してきた人間たちを、昼間のような悪さで追い出した」

「ああ！　それで、あの家だけがやたらに空き家がちに……」

「そうだ。そして、久しぶりにやってきた住人、ジョンストン卿をも怪奇現象を起こして追い出し、自分たちの城を守ろうとしている」

「それは困ります。タツミさん、どうかそのゴーストたちを、その……どうにか、してください。あっ、ジョンストン卿から、決して家を壊したり燃やしたりはしないでほしいと、伝言を預かっていますから。ええと、五軒、全部のことです」

さすがに、日本語で微妙なニュアンスを伝えるのは難しいのか、セルウィンのおおむね礼儀正しかった口調が、ここにきて酷《ひど》くあやふやになる。

司野は気のない様子で、「わかっている」と請け合うと、鋭い視線をセルウィンに向けた。

「俺の予想が当たった場合、手に入れておけと言ったものは？」

「準備してあります。ホテルの前に待たせている、タクシーの中に」

「そうか。では、現地に向かう」

そう言ったが早いか、司野は身を翻し、たちまち回転扉の向こうに消えてしまう。

正路とセルウィンも、大慌てでそんな司野を追いかけた……。

五章　少しずつ

路肩にタクシーが停まるなり、セルウィンは、いち早く扉を開けて外に出た。

彼が助手席の窓越しに運転手に運賃を払う間に、司野と正路もタクシーから降りる。

もうすぐ日付が変わる刻限だろう。界隈《かいわい》は静まり返っており、道路に人の姿はない。

疎《まば》らな街灯が、舗装された道路を照らしているだけである。

司野と正路の目の前にあるのは、くだんの五軒並んだテラスドハウスである。

向かって右端の、ジョンストン卿所有の家だけでなく、他の四軒も、門灯以外の照明は既に消えていた。

支払いを終えたセルウィンが、二人に近づいて囁《ささや》き声で告げる。

「ジョンストン卿が、『緊急の夜間工事が必要だから』と嘘の理由をつけて、他の四軒の住人たちには、今夜はこちらで用意したホテルに宿泊していただいています。今夜は、すべてのテラスドハウスが空っぽ……ええと、誰もいません」

「ほう。なかなか気が利くな」

司野はニヤッとしたが、セルウィンはやや慌てた様子で言葉を足した。

「人に怪我をさせたりすると、バイショウ、なんかが複雑になりますので。家が壊れたくらいなら……いえ、それも、ジョンストン卿のお名前が怪我をしますから！」

どうやら最後のフレーズは、「ジョンストン卿の名に傷がつく」と言いたかったらしい。だが、それにツッコミを入れる余裕は正路にはなかったし、司野はニコリともせず、むしろ不愉快そうに言い返した。

「それは、さっきも聞いた。行くぞ、正路」

冷淡に言い捨てると、司野はテラスドハウスのほうへ足を向けた。

「は、はいっ。すみません、悪気はないんです」

正路は司野に従いつつ、セルウィンに素早く詫《わ》びた。

「気にしなくて大丈夫ですよ、マサミチさん。……今すぐ、鍵《かぎ》を開けますので！」

貴族の秘書をしていると、ビジネスの相手に邪険に扱われることも多いのだろうか。

セルウィンは心配そうな正路に笑顔で応《こた》え、颯爽《さっそう》と玄関へ向かう。

「さあ、どうぞ。今、ライトを」

「要らん。ここからは、一切余計なことをするな」

気を利かせてエントランスの照明を点《つ》けようとしたセルウィンを制止し、司野は家の中を見回した。

正路も、申し訳なさそうにセルウィンに軽く頭を下げ、司野の傍らに立つ。

「感じるか？」

短く司野に問われ、正路は小さく身震いして答えた。

「昼間より、ずっと強い圧を感じる。これが、妖気《ようき》なんだね」

司野は頷いた。

「光ある場所では、力の弱い妖《あやか》しは、本来の力を出せん。それがわかっているからこそ、この屋敷に潜む『奴ら』は、ポルターガイスト現象を起こす程度で、あとは屋根裏の暗がりに縮こまっていたんだろう。この妖気、連中には、すでに人としての意志は残っていないな。肉体を失って何百年も経過しては、無理もないが」

「……うん。心細くて、辛《つら》かっただろうな」

正路は頷き、長袖《ながそで》シャツの袖の上から、二の腕をさすった。

昼間とは比べものにならない、空気が粘り着くような圧と明確な敵意を、屋敷の天井……いや、二階のほうから感じる。

「妖気、ですか？　そんなもの、ないですよ？　暗くて気持ちが悪いですけど」

セルウィンは二人の背後から、控えめだが怪訝《けげん》そうに口を挟む。司野は、小馬鹿にしたような視線で、セルウィンをチラと見た。

「鈍感力、という言葉を実感するな」

「ドンカンリョク？　ゴーストの力がわたしには通じない？　わたし、強いですね？」

どこか嬉《うれ》しそうなセルウィンに、司野はますます侮蔑《ぶべつ》の面持ちになって言い放った。

「妖気を感じないからといって、害を受けないわけではない。感じるからこそ、対処できるんだ。『嫌な感じがするから逃げる』というのが、その最たるものだな」

「では、何も感じないわたしは……」

「妖しに対する危機管理能力が皆無だと心得ておけ。気づかぬうちに命を削られる手合いだ。ジョンストンは、夜になると『何か気配を感じる』と言っていたのだったな？」

セルウィンは、見えない敵を警戒するように周囲を見回しながら返事をした。

「はい。ですから早々とホテルにお移りに。あと、暗くするのが怖いので、夜どおし、家じゅうの灯《あか》りを点けたままで過ごしていたと」

司野は、意地の悪い笑みをチラとよぎらせた。

「本能的に、妖しを避ける手立てを知っているとは、ますます生まれながらの貴族というのは、侮れんものだな。寝室を暗くして就寝していれば、その時点で、死霊どもに命を脅かされていたかもしれん。運がよかったなと伝えてやれ」

「は……はあ」

照明を消したままでも、窓から街灯の光が少しは差し込むので、エントランスで話していくうちに、視覚が闇に慣れていく。

いわゆる霊感がないだけに、司野の話を聞いて、感じ取れないものへの恐怖が初めて生まれたのだろう。暗がりの中でも、セルウィンの表情が冴《さ》えないのが正路にもわかった。

（あ、もしかして、司野。僕たちが見えるようになるまで待っててくれたのかな）

正路がそれを口に出す前に、司野はキッと二階を、いや、その上の屋根裏を見据えて、口を開いた。

「行くぞ。手早く片をつける」

「はいっ！」

正路は短く返事をして、司野について階段を上がろうとするが、セルウィンは困惑しきりの口ぶりで司野に呼びかけた。

「タツミさん、それならば、ライトをつけたほうがいいのでは？　明るくすれば、ゴーストが、おとなしくなるのでしょう？」

だが、振り返りもせず、司野は切り口上で言い返した。

「弱体化した妖しは、逃げ隠れるものだ。屋敷を丸ごと焼き払っていいならともかく、逃げるネズミを追いかけて捕まえるのは、骨が折れる」

「燃やす！　ダメ、絶対！」

慌てるセルウィンに、司野の口角が数ミリ上がる。

「わかっている。だからこそだ。闇の中は自分たちの『領域』だと、奴らは思い込んでいる。我々を攻撃してくるだろう。逆に、自分たちの居場所をつまびらかにしているなどとは気づかずにな。こちらとしては、仕留めやすい。屋敷の損傷も、最小限で済むだろう」

「な……なるほどォ？　そ、損傷？」

「気にするな。お前は、自分の身の安全だけ、自分で守っていろ」

階段を一段一段、確かな足取りで上がりながら、司野が投げつけるようにそう言った瞬間、二階のどこかに置かれていたのであろう花瓶が、とんでもないスピードで飛んできて、司野の頰を掠《かす》める。

「うわっ」

後ろに続く正路は、危ういところで身体を捻《ひね》り、それを避《よ》けた。しかし、それがゆえに、花瓶はそのままの勢いで、しんがりを務めるセルウィンの顔面にヒットする。

「ギャッ！」

「うわあ、クリスさん！　大丈夫ですか？」

背後から聞こえた悲鳴に、正路は驚いて振り返ろうとしたが、司野はそんな下僕を鋭く叱咤《しった》した。

「構うな！　たった今、己が身は己で守れと言ったばかりだ。そいつを構っている余裕など、なくなるぞ」

「は……はいっ！　クリスさん、お気をつけて。そのあたりで止まっていてください」

正路はそれでも、早口でセルウィンに忠告する。

「イエス、イエス！　アイヴ、ゴット、イット！」

もはや日本語を話すことを忘れ、英語で「了解しました」と言いながら、階段の半ばで手すりにしがみついているセルウィンをそのままに、正路もまた、手すりをしっかりと持ち、階段を踏みしめるように上がり続けた。

一段上がるごとに、頭のてっぺんを巨大な手にぐいぐいと押されているような圧迫感と痛みを覚える。背骨が圧に耐えかねて、今にもミシミシと音を立てそうだ。

(昼間の圧とは、桁違《けたちが》いだ。僕たちをここから追い出して、自分たちの隠れ場所、唯一の安住の地を守ろうとしているのか。でも……)

「司野」

「何だ？」

一足早く二階に辿《たど》り着いた司野は、闇の中から次々と飛んで来る物たちを、いとも容易《たやす》くよけつつ応じた。

正路は身を屈《かが》め、手すりを盾にして、廊下に立つ司野の足元近くに辿り着く。

「だけど昼間、司野は僕を偵察に行かせたよね？　司野の妖気に、幽霊たちが怯《おび》えるからって」

「それが？」

「今は堂々と立ってるけど、ビュンビュン攻撃が飛んで来てるし……うわッ」

木製の手すりに当たった何かが砕け散る音がして、正路は思わず悲鳴を上げる。

するとと司野は、シャツの袖口《そでぐち》に手を掛け、両袖を肘《ひじ》までまくり上げてみせた。

「あっ」

正路は、今度は小さな驚きの声を上げる。

司野の前腕には、左右一枚ずつ、細長い和紙の札が貼りつけられていた。

暗がりの中で、蛍のような弱々しい光を放つその札には、黒い墨で、正路には読めない文字や、丸と棒を繋《つな》いだような不思議な模様が書かれている。

「司野、それ……辰冬さんに習った、陰陽師《おんみょうじ》の何か？」

正路の問いに、司野はふっと笑って頷《うなず》いた。

「あれは奇妙な男だった。よもや、妖魔の俺に、魔封じの札の作り方を教えるとは」

「魔封じ!?　まさか司野、自分で自分の妖力を封じてる状態？」

「珍しく、理解が早いな」

飛んで来たものをヒョイと片手で受け止め、それが小さなブロンズ像であることを確かめてそっと床に置いた司野は、正路に小さく肩を竦《すく》めてみせた。

「だからこそ、死霊どもは、ただの人間がまたやってきたと思い込み、こうして好き放題に攻撃してくるというわけだ」

「ぎ、偽装工作……。それで、どうするの？」

正路が問いかけると、司野は、セルウィンに向かって片手を突き出した。

「あ……は、は、はいッ、ただいま！」

昆虫のように階段を這《は》い上がってきたセルウィンは、タクシーの中からずっと抱えてきたものを、震える手で司野に差し出した。その間も、残りの三本の手足は、ずっと階段に貼り付いたままである。

それは、琺瑯引《ほうろうび》きの大きな洗面器だった。どうやらそれが、司野がセルウィンに事前に頼んでおいたものであるらしい。

「司野、それは？」

やはり、階段を上がったところでしゃがみ込んだままの正路が訊《たず》ねると、司野は洗面器を、そんな正路の鼻先に突きつけた。

「水を入れてこい」

「……わかった」

ここで「どうして？」などと聞いても、さっさとしろと叱責されるだけだ。それをよく知る正路は、低く身を屈めたまま、洗面器を抱えてバスルームに飛び込んだ。

窓がないバスルームは、ひときわ暗い。闇に目が慣れていなければ、何も見えなかっただろう。だが、今の正路には、暗所視特有のボンヤリ感はあるものの、一応、室内の光景を見ることができる。

「うわぁ」

ジョンストン卿《きょう》は、屋敷の中の損傷はできるだけ控えて……と希望していたが、もはやそれは叶《かな》わぬことだ。

室内にあるありとあらゆるものが床やバスタブの中に落ち、いくつかは砕けたり割れたりしてしまっている。

(無事に終わったとしても、後片付け、大変だろうな)

そう思いながら、正路はシンクに洗面器を置き、蛇口を捻《ひね》った。

水が溜《た》まる間、何の気なしに鏡を覗《のぞ》いた正路は、危うく大きな悲鳴を上げるところだった。

本来、自分の顔が見えているはずの鏡面に、正路の顔は映っていなかった。代わりに見えたのは、鏡の奥からこちらに迫ってくる、たくさんの手のひらだった。

「……ッ！」

正路は思わず一歩後ずさったが、手は鏡を越えて出てくることはできず、ただ、鏡面をバチバチと叩《たた》き出す。

大きいもの、小さいもの、皺《しわ》だらけのもの、肉厚のもの……。

様々な「誰か」の手が、今にも鏡を叩き割らんばかりに、鏡面を打ち、震わせている。

「ああ……あああああ」

もはやまともな言葉すら出ず、両脚がわなわなと震え始める。

どうにか六割ほど水が溜まったところで、正路はそれ以上耐えきれず、両手で洗面器を摑《つか》みあげると、バスルームから逃げ出した。

「だ、大丈夫ですか、マサミチさん!」

さっき、正路がいたあたりにしゃがみ込んだセルウィンは、震える声で、それでも正路の身を案じる。

「だ……いじょうぶじゃ、ないです」

こちらも真っ青な顔でどうにかそれだけ言い返し、正路はこの場で唯一安心できる場所、司野の傍へ縺《もつ》れる足で駆け寄った。

「おい、水を零《こぼ》すな」

「し、しししし司野、鏡に、手が」

「それしきのことで怯えるな。ここからが、お前の仕事だ」

「……え？」

「その水を持って、サンルームの真ん中に立っていろ」

「水を？　いったいどうするの？」

「そのうちわかる」

「わ……わかった」

この恐怖から解放されるには、司野が「憑《つ》きもの落とし」を成功させるより他はない。正路は、小刻みに震えながらも、言われたとおりにしようとした。

だが、司野はそんな正路を呼び止めた。

「気休めをくれてやろう」

シャツの胸ポケットから何かを引っ張り出した司野は、それを正路の鼻先にぶら下げた。目を凝らし、それが何かを確かめた正路は、一瞬恐怖を忘れ、目を丸くした。

それはいつか、激しく絡まっていたのを正路が解きほぐしてみせた、金のネックレスだったのである。

「司野、これ」

「俺の妖力《ようりょく》を少し込めておいた。多少の守りにはなるだろうよ」

「あ……ありがとう！」

（なんだか、妖力の充電池みたいだな）

こんな非常時ですら、うっかり呑気《のんき》なことを考えてしまっている正路の首に、司野は器用にネックレスをつけた。

アクセサリーをつけ慣れていないので、首筋がヒヤッとして妙な感じだが、そんなことを気にしている場合ではない。

「行け」

荒っぽく背中を押され、正路は酷《ひど》く心細い思いで、そろそろとサンルームへと歩を進めた。

大きな窓からは、街灯と月の光が差し込み、他の部屋よりは少しだけ明るい。外の木立も見えていて、その開放感に、正路は少しだけ気を落ち着けることができた。

だが、それも束の間、ざわざわざわ……と、言葉にならないざわめきが、四方八方から聞こえてくる。

（死霊たちが……話し合っている……？）

何を言ってるのかはもはやわからないが、感じるのは明らかな敵意、そして殺意だ。

服の下で、腕に鳥肌が立つのを、正路は感じた。洗面器を持つ両手が震え、水面がさざやかに波立つ。

シュンッ！

テーブルに立ててあったカードが、凄《すさ》まじいスピードで飛んで来て、正路の頰を掠《かす》め、浅い傷をつけていく。

「痛ッ」

思わず小さな声を上げた正路を、いつの間にかサンルームの入り口に来ていた司野が、低く窘《たしな》めた。

「声を出すな。連中を、屋根裏からあぶり出す。死霊に逃げ込まれないよう、口を固く閉じていろ」

「！」

正路は慌てて唇を引き結び、こくこくと頷く。

「始めるぞ」

司野のその言葉は、正路に向けたものか、あるいは、司野に呼ばれ、見届け役として彼の背後に来たものの、両手で頭を押さえてしゃがみ込んだままのセルウィンに向けたものか……。

とにかく彼は、両腕から、みずから貼り付けた魔封じの札をむしり取った。そして、その札に唇を寄せ、何かをブツブツと唱えたと思うと、勢いよく宙に向かって投げ上げた。

（うわあ……！）

正路は、心の中で感嘆の声を上げる。

宙に舞った二枚の札は、まるで命あるもののようにひらめきながら、サンルームを出ていく。

ザワッ……！

解放された、司野の強い妖力に、屋根裏の死霊たちがひときわ強くざわめくのを正路は肌で感じた。

だが、それを司野に伝えようとした瞬間……。

ゴウッ！

凄まじい風がサンルームの中に吹き込み、正路は思わず目をつぶった。だが、風はいっこうにやまず、両手で洗面器を保持したままの正路は、両脚を踏ん張って耐えるしかない。

「な……何、これ……うわあああっ！　あ、しまった」

現状を把握しようと薄く目を開けた彼は、うっかり大声を上げてしまった。司野の忠告を思い出し、慌てて口を閉じたものの、心の中では悲鳴に次ぐ悲鳴である。

わずか数秒のうちに、サンルーム全体が、盛大に炎上していた。

猛烈な風に煽《あお》られた炎は、ごうごうと音を立てて広い室内に渦を巻く。

その赤とオレンジと黄色と黄金色《こがね》を複雑に混ぜ合わせたような炎の濁流は、まるで、空を泳ぐ炎の竜のようだ。

その竜に取り巻かれるようにして、正路は洗面器を手に立ち尽くしていた。

もはや、逃げ道すら見つからない。燃えさかる炎が至近距離まで迫り、正路は、大やけどどころか、焼死を覚悟する。

しかし。

(あれ、熱くない)

正路は、キョトンとしてしまった。

確かに自分の視界は炎に埋め尽くされており、視神経は眩《まぶ》しさに焼き切れそうなのに、その熱だけが、微塵《みじん》も感じられないのである。

(どうして……あ、もしかして)

正路は、ハッとした。炎が唸《うな》る音を切り裂くように、寂びた龍笛の音が響き渡ったのである。

(司野が、笛を。そうか、この炎は！)

実体がない炎は、おそらく司野が妖力を使って生み出した幻影なのだろう。

彼は、屋根裏の死霊たちが命を落とした大火災を、この屋敷内で再現しているのだ。

炎は、高く低く響く笛の音に操られるかのように、サンルームの高い天井の通気口から、おそらく屋根裏へも侵入していく。

ギャアアアアアアアア!!

の声も。

途端に、耳をつんざくような絶叫が屋根裏から聞こえてきた。続いて、何か複数のものがもんどり打ち、屋根裏のあちこちにぶつかっているような大きな物音や、苦悶《くもん》の声も。

さすがに、霊感のないセルウィンでも、ここまでの騒ぎになると何かは感じ取れるのだろう。司野と正路に助けを求める声が切れ切れに正路の耳に届くが、助けに行く余裕は正路にはない。

(司野……司野、僕は、どうすれば!?)

どうにか声を出すことをこらえ、正路は必死で目を凝らした。

激しすぎる火焔《かえん》に邪魔されて、司野の姿を見ることはできない。

だが、司野の声が、正路の耳ではなく、脳に直接届いた。まるで、耳元で囁《ささや》いているかのようにハッキリと、あの冷徹な声が聞こえてくる。

『魔封じの札で、奴らの逃げ道を塞《ふさ》いだ。炎にまかれ、逃げ惑う死霊どもが屋根裏から脱出できる場所は、そこしかない』

正路も、声を出さず、頭の中で返事をする。

『そこって……サンルーム？　ここ？』

『そうだ。お前には危害を与えないその炎は、俺の妖力でできている。死霊たちにとっては、かつては己の命を奪い、今は、グズグズに崩れた魂の残骸《ざんがい》さえ燃やし尽くす脅威そのものだ』

『死んでから何百年も経って、また焼かれるなんて……残酷だよ、司野』

正路は思わず抗議の声を上げたが、それに対する司野の返事は、冷静かつ迷いのないものだった。

『人の魂の形を残していない以上、人として葬り去ることは不可能だ。この世から消し去る以外に、奴らを救済する手段はない』

『でも、何も灼《や》かなくたって』

『お前次第で、連中を安堵《あんど》の中で救済してやることができる』

『僕次第？』

『お前は何を持っているんだ？』

そんな問いかけを残し、それきり司野の声は聞こえなくなる。正路の全身を包み、眩暈《めまい》を引き起こすのは、死霊たちの苦悶と怨嗟《えんさ》の念がこもった呻《うめ》き声ばかりだ。

（僕が……持ってるもの？）

いくら自分には影響がないといっても、頭の上に苦しんでいる「元人間」たちがいると思うと、平然としてはいられない。それでも乱れる心をなんとか落ち着かせようと努力しながら、正路は視線をそろそろと下げた。

（水？　この水で、何を……）

そのとき、『来るぞ』と、再び司野の声が短く告げた。

「！」

ひときわ高く上がった炎を突き抜けて、闇を固めたような巨大な黒い塊が、サンルームの床にドサリと落ちた。

それはアメーバの如き激しい動きで床の上で蠢《うごめ》き、大きく広がり、やがてそこから八つの人影がにょろにょろと歪《ゆが》み、うねりながら立ち上がった。

大きな人影、小さな人影、太った人影、酷《ひど》く痩《や》せた人影、腰が曲がった人影。

それはまるで、禍々《まがまが》しい影絵だった。

幻想的でありながら、酷くグロテスクでもある、異様にゆがみ、うねうねと人にあらざる動きをする人影たち。

彼らが人間であった頃、どんなふうに炎に巻かれ、命を落としたのか、その記憶がまざまざと再現されているような、見ているだけで息が詰まるような苦しげな姿だ。

両手を上げて神に救いを求めるような動き、縋《すが》るべき親を探すような動き、苦しみに床を転げ回るような動き……。

司野の笛の音がびょうびょうと響き渡る中、八つの人影は激しく伸び縮みしながら、死の舞踏を披露しているようだ。

（どうやって……あ、そうか！）

正路は、迷わず燃えさかる床の上を、人影に向かって、一歩踏み出した。自分を灼くことはない幻の炎だとわかっていても、勇気を振り絞る必要がある。足がガクガクしたが、それでも正路は躊躇《ちゅうちょ》なく、人影に向かって、洗面器を差し出した。

（水だよ……！）

人間の言葉が、しかも日本語が通じるはずはない。それでも、心の声の何かが、彼らのかつて人間だった魂のなれの果てに届けばいいと、正路は願った。

彼の眉間《みけん》の「第三の目」があるあたりが、徐々に熱くなる。

（届け……！　これが、きっと、あなたたちが死を目の前にして、ほしかったものだよ。冷たい、きれいな水がここにあるよ！）

正路は必死で、幾度も幾度も心の声で呼びかけ、伝わってほしいと念じた。

すると……。

突然、人影たちは動きを止めた。そして次々と、まるで水面から跳ねる魚のように身を翻し、細く長く変形して、正路が差し伸べる洗面器の水へと飛び込んでいく。

奇妙なことに、水面は静まり返って少しも動かず、水位も変わらない。ただ、澄んでいた水の色だけが、人影が一つ飛び込むごとに、徐々に濁り、黒ずんでいくのがわかる。

正路は息を詰め、心の中で、ひとり、ふたり……と数え続けた。

そしてついに、最後の小さな影が、皆を追いかけるように水に吸い込まれ……正路がふっと息を吐いたそのとき。

サンルームの鉄骨を共鳴させていた高い笛の音が、ピタリと止んだ。それと同時に、炎も嘘のように消え去る。

突然の静寂が、サンルームに訪れた。

「寄越《よこ》せ」

今度は本当にすぐ近くから司野の声が聞こえたと思うと、正路に驚く隙も与えず、洗面器が奪われた。

「あっ」

ずっしりした重みが突然両腕から消え、正路が不思議な喪失感と共に見つめる中、司野は何の躊躇《ためら》いもなく洗面器に口をつけると、大杯《おおさかずき》で酒を呷《あお》る武士よろしく、死霊たちが溶け込んだ濁り水をごくごく喉《のど》を鳴らし、一息に飲み干してしまう。

正路は呆然《ぼうぜん》とそれを見ていたが、洗面器から顔を離した司野が美しい顔を歪めるのを見て、切羽詰まった声を上げた。

「司野！　そんな……の、呑《の》んじゃったの、全部⁉　大丈夫？」

「他に仕様があるまい。お前は洗面器一杯の水で、炎に追われ、逃げ惑う死霊どもに安らぎを与えた。だがその安らぎは、一時的なものだ。奴らに永遠の眠りを……救済を与える唯一の方法は、水の中で安堵して眠る奴らが再び目覚める前に、俺が喰《く》らってしまうことだ」

「でも、司野は平気なの？　お腹、壊したりしない？」

「するものか。主《あるじ》を舐《な》めるなよ、下僕」

いつもの冷ややかな調子でそう言った司野は、シャツの袖《そで》でグイと口元を拭《ぬぐ》うと、サンルームの中を見回した。

「いささか散らかったし、物もかなり壊れたが、まあ、許容範囲だろう。これで怪異現象が消えたと思えば、依頼人にとっては利益のほうが大きいはずだ。……よし、帰るぞ」

空っぽになった洗面器を床に投げ捨てると、司野はツカツカとサンルームを出て行く。

「おい、見届け役。いつまで泡を吹いてひっくり返っている。タクシーを呼べ！」

扉の向こうから、司野の叱責《しっせき》の声と、セルウィンが嘔吐《おうと》しているらしき音が聞こえ、正路は慌てて二人のもとに駆けつけた……。

＊　　　＊

翌朝、九時過ぎ。

正路は、宿泊しているホテルのエントランスロビーにいた。

隅っこの、ひとりがけのソファーにちんまり腰を下ろしているものの、周囲はチェックアウトの宿泊客たちでごった返していて、どうにも身の置き所がない。

実は一時間前、朝食を済ませるなり、司野が、「今日は終日、休息にあてる。夜まで邪魔をするな」と言い出した。

他者に弱みを決して見せない彼だが、昨夜の「家一軒の憑《つ》きもの落とし」は、それなりに骨が折れたのだろう。

「昔の俺なら朝飯前どころか、指一本で片付くようなことだったものを。辰冬のせいで、千年経ってもとんだ難儀をさせられる」

宿に戻ったときは、そんな愚痴をこぼしつつも涼しい顔をしていた彼だが、身の内に取り込んだ「死霊たち」を消化するのも、本人が言うほど簡単なことではないのかもしれない。

貪《むさぼ》るようにフルブレックファーストを平らげた司野は、部屋に戻るなり服を脱ぎ散らかし、再びベッドに潜り込んでしまった。

仕方なく、床に散らばった服を拾い集めてきちんと畳んだ正路は、それ以上できることもなく、すごすご部屋を出てきたというわけだ。

正路のほうは、精神的な疲労は残っているものの、体力の負担はさほどでもなかった。元気といえば元気だが、ひとりで楽しく観光したい気分かと問われれば、答えはノーだ。

（お仕事が順調に終わって余裕があったら、司野が興味ありそうな博物館とか美術館に行けたらって、下調べをしておいたんだけど……。ひとりじゃ、ちょっと寂しいな）

ショルダーバッグに入れたガイドブックをチラリと見下ろし、正路は嘆息した。

（どうしよう。ここは何だかザワザワして落ち着かないし、それに……）

さっきから、ホテルのスタッフが正路のことをチラチラ見ているのも気になる。日本にいても幼く見える正路なので、スタッフたちには、子供がひとりでロビーに座っているように見えてしまうのかもしれない。

とにかく外へ出ようと正路が立ち上がったそのとき、誰かが彼の名を呼んだ。

見れば、今日はポロシャツとスラックスという、初めて見るラフな服装のセルウィンが、正路のほうへ近づきながら笑顔で手を振っている。

「クリスさん！　大丈夫ですか？　お体とか……その、メンタルとか」

正路の驚き顔に、セルウィンは羞恥《しゅうち》でいっぱいの情けない笑顔で、頭に手をやった。

「昨夜は、お恥ずかしいところを見せました。ジョンストン卿《きょう》には今朝いちばんで報告を済ませて、特別にお休みをいただきました。でも、マサミチさんたちがどうしているか気になって仕方がないので来たんですけど……タツミさんは？」

「寝ています。さすがに疲れたみたいで、休むから夜まで帰って来るなって」

「おや。でも、マサミチさんだって疲れているのでは？」

正路は、困り顔でかぶりを振った。

「僕は、洗面器を持って立っていただけですから。クリスさんだって、怖い思いをたくさんされたんですから、疲れたでしょう？」

「コワカッタデスネー！　スプーキーハウス、わたしはもう行きたくないです。でも、昨夜は家に帰ってバターンと気絶みたいに寝て、今朝はだいぶ元気ですよ」

仕事相手とはいえ、セルウィンのほうはオフなので、少し態度がラフになるのも無理はない。おどけた笑顔でそう言って、彼は大袈裟《おおげさ》に怖がる仕草をしてみせた。

「よかった！」

どこまでも明るくてフレンドリーなセルウィンに、正路もつられて笑顔になる。

「それで、マサミチさんはどこへ行きますか？　一緒に行きますよ。オトモ、です」

セルウィンは笑ったままでそう言った。正路は、驚いて片手を振る。

「いいえ！　お休みの日に、そんなことをしていただくわけには」

「いいんですよ。わたしは、ロンドン案内、慣れています。行きたいところ、どこでも言ってください。それは、わたしの楽しみです」

セルウィンにあまりに熱心に促され、正路はおずおずと望みを口にした。

「ホントですか？　じゃあ、その……まずは、大英博物館に」

「テッパンですね！　他は？」

「ナショナル・ギャラリーとか……自然史博物館とか」

「オーケー！　いくら時間があっても足りませんよ。早速行きましょう！」

セルウィンはそう言うと、ごく自然に正路の手を取って元気よく引いた。

そんなことは子供時代ですらされた記憶のない正路はギョッとしたが、欧米では、握手で挨拶《あいさつ》をするので、この程度のことは、特に抵抗なくするのだろうと思い直す。

こうして正路は、司野と行くつもりだったいくつかの場所に、セルウィンと出掛けることになった。

案内に慣れていると豪語していただけあって、大英博物館でも、その他の場所でも、セルウィンは、正路が興味を示しそうな展示物を的確に選び、限られた時間内の駆け足見学でも、ちゃんと満足できるように計らってくれた。

ランチは博物館併設のレストランで、休憩は教会の地下の風変わりなカフェで取《と》り、夕方からは、当日分のチケットを守備よく手に入れて、日本でも人気のミュージカルを見にいき、公演終了後にソーホーの中華料理屋で、軽い夜食……と、てんこ盛りのスケジュールをこなし終えたときには、既に午後十一時を過ぎていた。

食後の熱いジャスミンティーを飲みながら、さすがに少し疲れた顔の正路は、しかし大満足で、セルウィンに頭を下げた。

「今日は、こんな時間までお付き合いくださって、ありがとうございました。おかげさまで、本当に楽しかったです。一日が、飛ぶように過ぎました」

セルウィンも、くたびれた笑顔で、片手で肩をほぐす仕草をしてみせる。

「わたしも、こんなに遊んだのは久しぶりですねえ。観光のフルコースだ。恋人とだって、こんなに張り切って遊んだことはありませんよ」

「僕もです。っていうか、僕はデートの経験はないんですけど。クリスさんは、恋人がいらっしゃるんですね」

正路がそう言うと、セルウィンはいやいや、と片手を振ってみせた。

「今はいません。二年ほど前に、振られました。働き者のボスがいると、残業と休日出勤ばかりでね。デートの約束を、しょっちゅうドタ……なんと言うんでしたか？」

「あ、ドタキャン、ですか？　それで、彼女さんを怒らせた？」

正路が躊躇《ためら》いがちに言うと、セルウィンはポンと手を打った。

「そう、それそれ！　ああ、でも、彼女、ではありません」

彼氏でした、と囁《ささや》いて、セルウィンは片目をつぶってみせた。その仕草の意味がわからず、しかし正路は慌てて非礼を詫《わ》びた。

「すみません。僕、知らなくて」

「いえいえ。だって、マサミチさんだって……でしょう？」

「はい？」

「タツミさんは、ボスで……恋人、でしょう？　だって、それ。タツミさんがつけたとしか思えないです」

セルウィンは悪戯《いたずら》っぽい笑みを浮かべ、正路の首筋を指さす。

「うわッ」

正路は顔を赤くして、パーカーの首元を押さえた。セルウィンは、昨日見つけた、正路の首筋のキスマークのことを言っているのだ。

正路は、狼狽《ろうばい》して必死で否定した。

「ちが……あのいえ、司野がつけたのは確かなんですけど、それはちょっとしたこう……気まぐれっていうか、食事っていうか、そんなことで」

「うん？」

「つ、つまり、司野は恋人じゃないです」

「本当に？　それなのに、あなたの首にキスを」

「そ、それは、その」

正路は返答に詰まって、俯《うつむ》いてしまう。セルウィンは、「ああ、なるほど」と、何やら心得顔で頷《うなず》くと、「あなたは意外性があって、とても素敵だ」と綺麗《きれい》に微笑んだ。

「えっ？」

驚く正路の手を自然な仕草ですっと取り、セルウィンは探るような上目遣いで正路を見た。

「ところで、そろそろタツミさんのところに帰っても大丈夫な時間でしょうかね」

正路は、セルウィンの手を気にしながらも、あからさまに引っ込める非礼をはたらくことが躊躇われ、されるがままにしていた。今日は何度か、そうしたスキンシップをセルウィンにされ、イギリス人とはそういうものなのだろう、と自分に言い聞かせてきたのである。

「たぶん」

正路がそう言うと、セルウィンは名残惜しそうに正路の手の甲を軽く叩《たた》いて手を離した。

「では、ホテルまでお送りしますが、その前に、少しだけ、わたしのフラットに寄り道しませんか？」

「えっ？　クリスさんのご自宅に、ですか？」

セルウィンは快活に笑って説明した。

「五つ星のホテル、ジョンストン卿のテラスドハウスはもうご存じでも、わたしのような一般人がどんな家に住んでいるかは知らないでしょう？　色々と新しいものを見た一日の締め括《くく》りに、普通の家を見て、コーヒーを一杯だけ飲むというのは如何《いかが》でしょう」

　誰かに自宅に招かれる経験をほとんどしたことがない正路は大いに迷ったが、セルウィンの提案は、実に真っ当なものに思われたし、確かに興味もある。

　これだけ親身になって一日観光につきあってくれ、その上なお、自分の家まで見学させてくれようというセルウィンの厚意を受けないのは、失礼が過ぎるとも正路は考えた。

（確か、お家……フラットを他の人とシェアして暮らしていると言っていたし、ちょっとくらい寄らせてもらっても、いいよね）

　自分自身をそう説き伏せ、正路は「是非」と言った。

　途端に、セルウィンは夏の青空のような目を輝かせ、「では、行きましょう」と、いささか性急に片手を上げて従業員を呼び、精算を求めた……。

（僕は飲んでないけど、クリスさんは少しビールを飲んだからかな。ちょっと距離が近い。でも、このくらいのことは、高校生の友達どうしでもやるもんな）

　タクシーを降りるなり、セルウィンにがっちり肩を抱かれて、正路は困惑しつつもそんなことを考えていた。

十五分ほど乗っていたタクシーの中では、セルウィンはずっと喋《しゃべ》っていた。ジョンストン卿《きょう》の急な思いつきで、六月にクリスマスのオーナメントをロンドンじゅう探しまわる羽目になったことや、十五歳で初めて恋人ができたとき、目を閉じるのが早すぎて、唇で相手の顎《あご》を吸ってしまった話など、セルウィンは話が上手で、正路は大いに笑わせてもらった。

今日一日でずいぶん打ち解けたので、軽く酔ったセルウィンが正路の肩を抱くのは、親愛の情の表れだろうと正路は解釈した。誰かに、そんな風に親友めいた扱いをされたことがない正路にとっては、くすぐったく、嬉《うれ》しいことでもある。

(今日は本当に、初めてのことばっかりだったな。クリスさんのお家を見せてもらうのも初めてだし)

セルウィンと肩を組む状態で暗い通りを歩き、辿《たど》り着いたのは、道路沿いに並ぶフラットと呼ばれる長屋タイプの住宅だった。

確かにジョンストン卿のテラスドハウスに比べると、全体的にくすんだ壁や装飾性のない玄関ポーチなど、質素な感じはするが、やはり通りに面して大きな出窓があり、そこに飾られた鉢植えの花が美しい。

「ようこそ、わたしのスイートホームへ」

そう言いながら、セルウィンは鍵《かぎ》を開け、玄関扉を開けて正路を中に誘《いざな》った。

「そうそう、言い忘れたけれど、今日は家に誰もいないんですよ。フラットメイトは旅行に出掛けていてね」

そんな言葉と共に、セルウィンは玄関扉を閉め、施錠した。

なるほど、家じゅう真っ暗で、しんと静まり返っている。

早く灯《あか》りを点《つ》けてほしいと思いながら正路がその場に突っ立っていると、不意にセルウィンが正路に抱きついてきた。

「えっ？」

そのまま玄関の壁に背中を押しつけられ、正路はろくに動けなくなる。

「あ、あの、クリスさん、どうし……」

「自宅に来てくれたということは、そういうことでしょう？」

セルウィンの力強い腕でギュッと抱き締められ、耳元で囁かれて、頬に音を立ててキスされる。

湿った温かな唇の感触に、正路はたちまち総毛立った。

「何、を」

早くも正路の背中を大きな手のひらで愛撫《あいぶ》しながら、セルウィンは優しく口説いてくる。

「てっきりタツミさんのスイートハートだと思っていたのに、違うと聞いて、ときめきましたよ。それなのに、あんなキスマークなんてつけて、見かけによらず……何と言うんでしたか、コアクマ？」

どうやら、セルウィンは、正路をとんだ遊び人だと誤解しているらしい。自宅についてきたのは、セルウィンと性行為をしたいと望んでいるからだと思い込んでいるのだ。

それに気づいて、正路は必死で弁解と抵抗を試みた。

「いえ、あの、それは誤解で……僕はそういうんじゃないです。あの、やめてください。お願いですから、離れて」

両手で思いきりセルウィンを突き飛ばしたいのに、驚きと衝撃で、自分でも驚くほど手足に力が入らない。結果として、セルウィンの腕に手を掛けたような状態になってしまい、それが彼をますます勘違いさせる。

「ああ、日本人、ジラシプレイ、好きですよね。わたしも嫌いではないです」

「ちが……ちが、う」

動転しすぎて舌がもつれ、全身が震えてろくな抵抗ができない正路を、セルウィンは情熱的に抱きすくめ、あちこち撫《な》で回し始めた。

「この家は、スプーキーハウスではないので、暗くても、ゴーストは出ません。安心して。ベッドもいいですが、こういう場所も興奮するでしょう？」

「……そういうことでも、なくて……！」

「ふふ、言葉とは裏腹に、そんなに縋《すが》り付いて。かわいい人だ」

「い、やだっ」

唇にキスされそうになり、それは顔を振ってどうにかかわしたものの、セルウィンの唇は正路の首筋に口づけしようとしてくる。

嫌悪感と恐怖で、正路の目から涙がこぼれ落ちた。

「おや、あなたはアクセサリーなどつけないと思っていたのに、こんなところにネックレスが隠れていた。セクシーですね」

パーカーの襟元に手を差し入れたセルウィンが、金のネックレスに気づいて軽く引っ張る。

(司野がくれたネックレス……！)

「さわ……るな……ッ！」

言うことをきかない身体を叱咤《しった》し、どうにか上半身を捻《よじ》って逃れようとしたはずみで、繊細なネックレスは小さな音を立ててちぎれ、床に落ちてしまった。

それに構わず、セルウィンのこの手のことに慣れた手が、正路のパーカーの裾《すそ》をたくし上げ、素肌の腰に触れてくる。

「ああ……！」

正路の口から、絶望の声が漏れた。

（いやだ、司野、助けて……！）

「し、の……！」

蚊の鳴くような声で、正路はその名を切れ切れに呼んだ。

その瞬間、とんでもない音と共に、文字どおり、施錠したはずの玄関扉が蹴破《けやぶ》られた。

「！」

さすがのセルウィンも、正路を抱いたまま硬直する。

街灯の光を背に仁王立ちになっているのは、まさに、辰巳司野その人だった。

（うそ……だろ……）

助けを求めはした正路だが、まさか、本当にこんなところに司野が駆けつけてくれるなど、想像だにしていなかった。

だが、それは確かに司野であり……正確に言えば、正路が初めて見る、烈火の如く激怒している司野であった。

彼はものも言わずに正路の襟首を摑《つか》むと、乱暴に引っ張って、セルウィンから引き剝《は》がした。そのままの勢いで床に引き倒され、肩と背中を強打して、正路は思わず声を上げる。

それに構わず、司野は金魚のように口をパクパクさせるセルウィンに掴みかかった。ぼきり、と鈍い音がして、正路の目の前で、司野の右ストレートがセルウィンの頬に食い込む。

「俺のものに手を出すとは、いい度胸だな。報いを受ける覚悟を決めろ」

声は冷徹だが、司野の全身から、怒りの妖気《ようき》が立ち上っているのに正路は気づいた。

(ダメだ。司野、人間を襲っちゃ……傷つけちゃダメだ。辰冬さんの命令に背いてしまう)

正路は、必死で司野を制止しようと、背後から抱きついた。だが、たちまち振り解《ほど》かれ、再び地面に倒れる。

司野は、その隙に逃げ出そうとしたセルウィンをやすやすと捕まえ、二度、三度と殴りつける。セルウィンの弱々しい悲鳴が、正路の耳と心を打ちのめした。

(どうしよう。僕じゃ司野を止められない。司野が……クリスさんを殺してしまったら、どうしよう。僕のせいだ。僕の)

呼吸が、上手《うま》く出来なくなる。吸えばいいのか吐けばいいのかわからなくなり、司野とセルウィンの姿が滲《にじ》むように闇に消えていく。

(どうし……よう……)

千々に乱れた気持ちのまま、正路の意識は、そこでふっつりと途切れた。

目を開けると、大きな窓から、レースのカーテン越しに明るい光が差し込んでいる。

（ここ、は）

「……あれ？」

自分が寝ているのがホテルの部屋のベッドであること、寝間着を着せられていることに気づき、正路の意識は、ゆっくりと巻き戻し再生を始めた。

（ああ、そうだ。僕、クリスさんのフラットで……あんなことになって。司野に助けを求めたら、何故か本当に司野が飛び込んできて）

司野がセルウィンに摑みかかるのを必死で止めようとしているうちに、呼吸が苦しくなり、気が遠くなって、なすすべもなく倒れてしまったことを思い出す。

正路はハッとして、司野の名を口にした。

「なんだ」

「わっ」

思いのほか近くで、しかもすぐに返事があったせいで、正路はびっくりして飛び起きてしまった。ぐらりと眩暈《めまい》がするが、ベッドに倒れ込むほどではない。

片手をシーツに突いて身を支えながら、正路は司野を見た。

司野は、枕元に椅子を持ち出し、どっかと座っていた。

その端麗な顔に漲《みなぎ》る怒りに気づき、正路は半ば反射的に謝罪の言葉を口にしていた。

「ご……ごめんなさい！　僕」

「何故、謝る」

司野は、押し殺した怒声で詰問してくる。正路は、怯《おび》えながら言葉を返した。

「それは……だって、司野、凄《すご》く怒ってる」

「たった一日、ひとりで時間を潰《つぶ》して帰って来ることもできん下僕に、腹を立てない主《あるじ》がいるか」

もっとも過ぎる怒りの理由に、正路はしょんぼりと項垂《うなだ》れる。

「それは……ごめんなさい。どうしようって思ってるところに、クリスさんが様子を見に来てくれて、観光案内してくれるって……だから」

「ノコノコついていったというわけか。挙げ句の果てがあれとは、呆《あき》れ返る。しかも申し開きもしないうちにぶっ倒れて、こんこんと半日眠り続けるとは」

決して声を荒らげたりはしていないのに、司野の言葉は鋭い刃《やいば》のように、正路の心に突き刺さる。正路は、胸がギュッと苦しくなるのを感じながら、それでも説明を試みた。

「どう言えば、わかってもらえるかわからないけど。本当に、最後の最後までは、普通に観光をしてたんだよ。あの、司野。クリスさんは、どう……」

「心配するな。三発殴っただけだ。お前が派手に気絶したせいで、雲行きが変わった」

「って、いうと？」

「とにかくお前を医者に診せるのが先だと、奴が主張した。ならばと、俺がお前を抱えてここに戻ると、奴が日本人の医者を連れてきた。案ずるな。お前が倒れたのは、単なる過呼吸のせいだそうだ」

「過呼吸……確かに、何だか上手く息ができなかったんだ。あんなことになって、パニックで……。それはともかく、クリスさんは？　そのあとどうなったの？」

司野はつまらなそうに鼻を鳴らした。

「ああ見えて、多少は骨のある男だ。血だらけの顔のまま、俺に、自分の一方的な勘違いで、お前は少しも悪くないと説明した。どうやら雇い主にもその足で、自分の不行状を報告しに出向いたらしい」

「ジョンストン卿《きょう》に⁉」

驚く正路に、司野は不機嫌なまま頷《うなず》いた。

「ああ。医者が去ってしばらくした頃、ジョンストンが来て、俺に懇ろに詫《わ》びていった。不埒《ふらち》な秘書は、厳重に処罰するそうだ。ならば、俺が手を下すまでもあるまい」

「そ……そうなんだ」

正路は、複雑な気持ちで相づちを打った。

いきなり「その気」になられたときは動転したが、手を繋《つな》いだり、自宅に誘ったり、肩を抱いたりと、思い返せばセルウィンなりに、正路にモーションをかけ、受け入れるかどうかを試しながら段階を進めていたのかもしれない。

それを、イギリス人はそういうものなのだろうと諾々と受け入れてしまった自分にも非があると、今なら正路も冷静に振り返って反省することができる。

「ごめんなさい。僕が軽はずみだった」

すると司野は、不機嫌な顔のままで言った。

「そのとおりだ。無論、俺のものに手を出そうとしたセルウィンは万死に値するが、お前もお前だ。以後、他人にやすやすと気を許すな」

「……気をつけます。本当にごめんなさい」

正路は、深々と頭を下げて謝った。

司野は、怖い顔のままで、ボソリと言った。

「一度は許す。二度目はないぞ」

正路は頷いた。そして、司野の機嫌が少しだけ直ったことを感じながら、そっと問いかけた。

「どうして、あそこに僕がいるってわかったの？」

不思議そうな正路に、司野はベッドサイドのテーブルに置いてあった、くだんの金のチェーンを指先でつまみ上げてみせた。

「これだ」

「あ……ネックレス、せっかく司野が持たせてくれたのに、切れちゃった。司野の妖力が込めてあるって、一昨日《おととい》、言ってたね」

司野は頷き、手の中でネックレスを弄《もてあそ》びながら言った。

「俺の妖力が込められている以上、俺はネックレスの気配をいつも追うことができる。お前がどこにいるかなど、たちどころにわかる」

「……凄い。妖魔のGPSみたい」

感心する正路をジロリと睨《にら》み、司野はつっけんどんに言った。

「絵に描いたような観光地を巡っていると思っていたら、突然、何もないような場所に向かっている。奇妙だと思って、タクシーを走らせた」

「そう……だったんだ。あの」

「何だ？」

正路は、改めて司野に感謝の言葉を告げた。

「助けてくれて、ありがとう。あのとき、びっくりして、怖くて。自分の体が自分のものじゃないみたいに、ちゃんと動かなくなって、助けてって叫びたいのに、ろくすっぽ声が出なくて。でも僕」

「お前は、俺を呼んだ」

「！」

「妖魔《ようま》の耳を侮るな。どれほど微《かす》かでも、お前が俺に助けを求める声は、聞こえた。だから、お前の弁解を信じてやる。望んで、奴に身を任せようとしたのではないと」

司野は、正路を真っ直ぐ見据えてそう言った。見開かれた正路の目から、昨夜のものとは違う、安堵《あんど》の涙が溢《あふ》れる。

「何故だろう」

寝間着の袖《そで》で涙を拭《ぬぐ》いながら、正路は呟《つぶや》くように言った。

「……何がだ」

「司野が時々、付喪神《つくもがみ》関係の仕事をする前、僕の『気』を吸い取るために、その……キス、みたいなこと、するでしょ」

「それがどうした」

「それがどうした、なんだよね、まさに。いつも不意打ちだから、びっくりするんだ。でも、それだけなんだよ。昨夜、クリスさんにキスされて気づいた。全身に鳥肌が立つほど、嫌だった。気持ち悪くて、クリスさんには悪いけど、おぞましいってこういうことかって」

司野は黙って、正路の話に耳を傾ける。正路は、自分の心に正直に打ち明けた。

「勿論《もちろん》、司野のキスは食事みたいなもんだと思ってるから、ってところはあるかもしれない。でも、司野のキスが気持ち悪かったことは、いっぺんもないんだ」

「……ほう？」

司野はニヤリとすると、すっと立ち上がった。そして、正路の額を指でグイと押し、再びベッドに横たわらせると、ゆっくりと身を屈《かが》め、正路の唇にキスをした。

氷のように冷たい司野の唇が、正路の唇を味わうようにゆっくりと挟み込み、そして僅《わず》かに離れる。

二人とも目を開けたままなので、至近距離で視線が絡み合った。

「やっぱり……いや、じゃないよ」

正路は、自分の気持ちを噛《か》みしめるように、囁《ささや》き声でそう言った。司野はどこか苛《いら》立《だ》ったように、「旨《うま》い『気』だ」と言った。

「旨い『気』だけに……お前を喰《く》らいたくなる」

熱くて昏《くら》い渇望を滲《にじ》ませた司野の声に、正路は小さく息を吞《の》み……そして、吐息交じりに囁いた。

「いいよ」

肯定の返事が来るとは、予想だにしていなかったのだろう。司野はギョッとした様子で、さらに顔を遠ざける。

「……なんだと？」

むしろ、当の正路は、穏やかに言葉を継いだ。

「どうしていいよって言っちゃえるのかわかんないけど。痛いのも苦しいのも嫌だしさ。でも、司野が僕のせいで飢えてるって思うと、そっちのほうがつらい」

「正路……」

「指一本でも、腕一本でも、司野がそれでお腹いっぱいになれるなら……って気持ちは、今、本当にあるんだ。だけど、さすがに修繕してもらわないと色々困るし、そのためには、食べた分くらいの『気』を使っちゃうんだよね？」

司野は椅子に座り直し、軽く肩を竦《すく》めた。

「あるいは、それ以上かもな」

「じゃあ、あんまり意味ないか。ごめん」

「ならば、抱かせろ」

流れのままに、二度目の要求をした司野に、正路はきっぱりと拒否の返事をする。

「それは駄目」

司野は不服そうに眉根《まゆね》を寄せ、腕組みした。

「わからんな。腕をもがれるよりはマシだろう。その身をほんのいっとき穿《うが》たれるだけのことだ。五体満足のままでいられるぞ？」

「前にも言ったけど、そういうことじゃないんだよ。僕……たぶん、出会ったときよりずっと司野のことを好きだし、大事に思ってる。だけど、そういうことは……少なくとも僕は、世界でたったひとり、この人と、って思う相手としたい」

「俺は、お前の世界でただひとりの主《あるじ》だぞ？　それで足りんというのは、ずいぶんと傲慢《ごうまん》だな」

大真面目にそんなことを言う司野に、正路はとうとう噴きだしてしまった。

「そういうことじゃなくて……もう」

「何を笑う」

「司野は僕よりずーっと年上だし、実際大人なのに、ときどきそうやって、駄々っ子みたいなことを言うから」

正路は笑いを引っ込め、枕に頭を預けたまま、司野の顔をじっと見上げた。

「もうしばらく、時間がほしい。こんなこと言うと、また怒られるかもしれないけど、僕、たぶん、少しずつ司野のことが好きになってるから」

「おい。下僕の分際で、なんだその言い草は」

再び司野が機嫌を損ね始めたのを察し、正路は早口に話を続けた。

「わかってる！　ご主人様が我慢してくれてるだけで、ほんとは僕に拒否権なんてないはずだってことは、よくわかってる。でも……こうして、怒りながらでも待ってくれる司野のこと、僕は……」

「お前は、何だというんだ」

「ごめん、恋愛経験が少なすぎて、自分の感情がよくわからないんだ。でも、僕はきっと、司野に惹《ひ》かれ始めてるんじゃないかな、とか、今、初めて感じたんだ。うう、こんなことハッキリ言うのは初めてだよ。死ぬほど恥ずかしい」

熱くなった頰に両手を当てた正路に、司野は傲然《ごうぜん》と言い放つ。

「そんなことでいちいち死ぬな。そして、好きになりさえすれば抱かせると言うなら、さっさと俺をもっと好きになれ」

「……うわあ。それは、物凄《ものすご》い殺し文句かも」

「うるさい。いつまでも喋《しゃべ》っていないで、寝ろ」

むっとした顔の司野は、腕組みを解《ほど》くなり、正路の目許《めもと》を大きな手のひらで覆ってしまう。

「……司野」

「今は、ぐだぐだとくだらんことを考えるような状態ではなかろう。眠って、食って、とっとと回復しろ」

「でも、司野……っ」

正路の「口答え」は、言葉になることはなかった。

目隠しをしたまま、司野が、もう一度、唇を重ねてきたからだ。

「いいか。二度と、その身を他の誰かに触らせるな」

まだ唇を軽く触れ合わせたままで低く囁かれた司野の言葉に、正路は黙って頷《うなず》いた。

そして、ひんやりした司野の手のひらを感じながら、温かな気持ちで眠りに落ちていった……。

それから二日後、午後六時過ぎ。

正路と司野の姿は、ヒースロー空港の搭乗ロビーにあった。

正路の体調が回復するのを待って、司野は帰国を決めたのである。

（色んなことがあったなあ）

正路は、ガラスの向こうに見える、これから自分たちが乗り込む旅客機を眺めながら、ぼんやりと思った。

セルウィンのことも、司野と正路がホテルをレイト・チェックアウトする際、彼がホテルのエントランスロビーで待っていてくれたおかげで、気がかりを残さずに済んだ。

司野は渋面のまま一言も発しなかったが、上司であるジョンストン卿《きょう》に伴われ、まだ腫《は》れ上がった顔のままで誠実に謝罪してくれたセルウィンに、正路は、「自分も誤解させて悪かった」と伝えることができた。

（司野は怒るかもだけど、そういうこと……は抜きで、いつかまた会えたらいいな。根はいい人だし）

そんな正路の思考を読んだかのように、持参の文庫本を読んでいた司野は、ぶっきらぼうに言った。

「なんだ、にやついて。あの秘書にまた会えたのが、それほど嬉《うれ》しかったか」

「そんなんじゃないって！　会って話せて、気持ちがスッキリしただけだよ」

「……ふん」

面白くないと顔じゅうで表現しながらそっぽを向いた司野の横顔を見ていると、正路の頭に、初めて「かわいい」という言葉がよぎる。

（僕よりずっと年上で、僕よりずっと色んなことを知ってて、色んなことを経験してるのに……たまに凄く駄々っ子なの、本当になんなんだろう）

このロンドン旅行で、正路は、これまで知らなかった司野の新しい表情を、いくつか見ることができた。

二人の関係も、思いがけず深まった気がする。

それが、この先どんな風に二人の関係を変えていくのか、正路にはまだわからない。

だが……。

(僕は、司野のことをもっと知りたい。この旅で、強くそう思うようになった。そして)

正路は、素直な気持ちで司野に呼びかける。

「司野。僕、口下手だけど、これからは僕のことを、もっと話したい。司野に聞いてほしい」

唐突にそんなことを言われた司野は、迷惑そうに顔をしかめた。

「何故だ」

「僕は司野のことをもっと知りたいし、司野にも、僕のことを知ってほしいから」

「だから、それは何故……」

「お互い、理解が深まったほうが、いいご主人様と下僕の関係を築けそうでしょ？」

正路がそう言うと、司野はほんの数秒考え、「好きにしろ」と言い捨てて、読書を再開する。

(それに……僕はきっと、司野のことがもっと好きになるけど、司野にも、ちょっとでいいから、今より僕のこと、好きになってほしい。そんな気がするんだ)

まだ司野には告げられない仄《ほの》かな想いを胸に秘め、正路はパーカーの襟首に手をやった。そして、司野が修繕してくれたお守りのネックレスに、そっと触れたのだった。

エピローグ

「暑い……。イギリスがちょっと涼しかった分、やっぱり日本の暑さ、こたえるなあ」

予備校の建物から出るなり、湿気を帯びた熱波が、ゼリーのようにねっとりと全身を包み込む。

強い日光に髪がチリチリ焼ける気すらして、正路は慌ててバッグから帽子を出して被《かぶ》った。

最近では男性用の日傘も広まりつつあるらしいが、恥ずかしさより、片手を日傘に常に奪われる不自由さを想像すると、つい避けてしまうというのが正直なところだ。

(頭に取り付ける日傘なんてのがあったら、使ってみたい……あ、いや、ちょっと僕には勇気が足りないかな)

そんな馬鹿馬鹿しいことを考えながら、正路は駅前のメインストリートを「忘暁堂」に向かって歩き始める。

自分の単純さにほとほと呆《あき》れるが、今日は英語の小テストで満点を取れたので、暑くても正路の足取りは軽い。

仕方がないとはいえ、受験生、まして浪人生でありながら、受験勉強には最重要期間である夏休みの一部を「イギリス旅行」で消費してしまったという後ろめたさがあった正路なだけに、今日の試験結果は、その罪悪感を少しだけ薄くしてくれたのである。

(やっぱり、英語圏に行ってたから、英語の試験の成績が少しよくなったんだろうか)

そう思いつつ、正路は日陰を探しながら、賑《にぎ》やかな通りを歩いていく。

カフェのガラス越しには、美味《おい》しそうなスイーツを食べる人たちの姿が見える。

実に涼しげだし、美味しそうだ。特に、パフェの類《たぐい》には、文字どおり心を摑《つか》まれる。

ついふらりと入ってしまいたくなるのをグッと堪《こら》えて通り過ぎた正路は、やがて一軒の小さな洋菓子店の前で足を止めた。

「いらっしゃいませ」

手動のガラス戸を開けて正路が店内に入ると、涼しい空気と優しい挨拶《あいさつ》の声が迎えてくれる。

クラシックなガラスケースの向こうにいるのは、高齢の女性である。一部が覗《のぞ》き見える店の奥の調理場では、彼女の夫であるオーナーパティシエが、まだ何か作業中だった。

「こんにちは」

正路は挨拶して、軽く頭を下げた。

この店は、かつて「忘暁堂」の先代店主夫妻が贔屓《ひいき》にしていたらしい。

上質な素材を使い、昔ながらの素朴なケーキや焼き菓子を作る、その実直な姿勢が司野は気に入っているのだろう。他にもいかにも今どきな洋菓子店は何軒かあるが、司野もまた、洋菓子はこの店と決めているようだ。

司野と一緒に何度か訪れたことがある正路の顔を、店主の妻は覚えていたらしい。

「あら、今日は辰巳さんとご一緒じゃないのね」と、笑顔で声を掛けてきた。

「あ、はい。今日は僕だけで」

初めてひとりでお使いに来た子供のような気分になって、正路は照れ笑いしながらガラスケースの中を見回した。

ユーモラスなタヌキをデザインしたチョコレートがけのカップケーキ、栗の甘露煮がてっぺんに載った黄色いモンブラン、つんつん角を立て、こんがり焼いたメレンゲが美味しそうなレモンパイ、紅玉で作った焼きりんご、真ん中に缶詰の黄桃を挟んだショートケーキ。

どれも美味しそうで、目移りしてしまう。

「今日はどれになさる？　いつもの、バタークリームのケーキ？」

にこやかに問われ、正路は少し緊張した面持ちで、「あの、実はちょっとお伺いしたいことがあって」と切り出した……。

「ただいま帰りました」

正路が帰宅すると、司野はレジスターを置いてある机で、何か事務作業中だった。

薄暗い店のいちばん奥の暗がりに潜んで……本人はそんなつもりはないのだが……いるので、そこにいるだろうとアタリをつけていないと絶対に気づけない。

「ねえ、司野。しつこくて悪いけど、やっぱり昼間も、店の中の灯《あか》りはつけようよ。この店、飛び込みで来るお客さんもいるんだし。ほら、例のラッキーアイテムの件以来、ちょっとそういう人も増えたじゃないか。せっかく来てくれたのに、入り口で怖くなって帰っちゃうの、勿体《もったい》ないよ」

司野は持っていたボールペンを机の上に放り出し、煩わしそうに正路の顔を見上げた。

「おい。帰宅早々、主《あるじ》の顔を見下ろしながら説教とは、偉くなったものだな」

「うわっ、ごめんなさい！　そういうつもりはないんだけど、司野、座ってるから」

謝ってはみたものの、これぱかりは不可抗力である。正路は壁際のスイッチに触れ、店内を弱々しい光で照らしてから、司野がいる長机に近づいた。

「何か、手伝えることはある？」

「ない」

取り付く島もないとはこのことか、という返答ぶりだが、もはや正路もいちいち気にすることはせず、提げていた小さな紙箱を持ち上げてみせた。

「急ぎの仕事でないなら、ちょっとお茶にしない？　そろそろおやつの時間だし」

「そんな刻限か。俺の作業は、もう少しで区切りだ」

「オッケー。シャワー浴びてくるから、二十分後くらいでいいかな」

「構わん」

司野が承知してくれたので、正路は茶の間に上がった。紙箱はちゃぶ台の上に置いておき、二階の自室へ向かう。

浴室で汗を流し、部屋着に着替えて正路が階下に戻ると、司野はまだ作業中だった。

（あと五分で、お仕事終わるかな。まあ、支度をしながら様子を見よう）

司野の邪魔をしないよう、正路はできるだけ静かに、お茶の時間の準備を始めた。

やかんに水を入れて火にかけ、戸棚の奥から、普段あまり使うことがないティーカップを二客、取り出す。

残念ながらティーポットは見当たらないので、いつもは日本茶を煎《い》れるガラス製の急須《きゅうす》を使うことにした。

日頃、お茶の時間でも食事のときでも、司野は日本茶を好む。

夕食後には、先代店主夫婦ゆずりの京番茶と決めているが、あとは煎茶《せんちゃ》でもほうじ茶でも玄米茶でも構わないらしい。

しかし、今日のおやつのお供は紅茶にすると、正路は決めていた。

紅茶の淹《い》れ方は、昨夜、インターネットで検索して調べた。

実はロンドンの飲食店では、ポットにティーバッグを放り込んでいるケースがほとんどで、それでもちゃんと美味しかったので、リーフを使う淹れ方は結局知らないまま帰ってきてしまったのだ。

温めたティーポットに、イギリスで買ってきた茶葉をスプーンで掬《すく》い入れ、若干量に不安を覚えつつ、よく沸騰した湯を注ぐ。

本当は、ティーコージーを被《かぶ》せて保温するようだが、持ち合わせがないので自分のニットキャップを被せておくことにした。

(うーん、「イングリッシュ・ブレックファースト」って書いてあるな、この茶葉。もしかして、朝ごはん専用？　まさかね)

帰国の日、ヒースロー空港での待ち時間に慌ただしく購入したので、茶葉の銘柄などよく見ていなかったことを、今さらながらに正路は後悔した。

(いや、朝ごはんに飲んで美味しい紅茶なら、おやつに飲んでも美味しいはず！)

そう自分に言い聞かせて不安を遠ざけつつ、正路がティーカップと揃いのケーキ皿とフォークを卓袱台《ちゃぶだい》に並べたところで、司野がのっそりと茶の間に上がってきた。

正路が指定した、二十分にほぼピッタリだ。

「あ、ちょうどお茶が入ったところだよ」

正路は、ポットで蒸らした紅茶をカップに注ぎ、冷たい牛乳をたっぷり添えて卓袱台に運んだ。

自分の席にどっかり胡座《あぐら》をかいた司野は、自分の前に置かれたティーカップに軽く眉《まゆ》をひそめた。

「なんだ、すっかり英国かぶれか」

「そう言われると思ったけど、ほら、あっちでは結局、司野とアフタヌーン・ティーをする余裕がなかっただろ。だから……帰ってからでもいいから、一度、イギリス風にお茶の時間を過ごしてみたかったんだ」

照れ臭そうに説明しながら、正路は紙箱を開けた。

「いつものケーキ屋さんに寄って、『イギリスのケーキはないですか？』って訊《たず》ねてみたんだよ。そうしたら、お店の奥さんが、これを選んでくれた」

正路がそれぞれの皿に一切れずつ大事そうに載せたのは、外側はこんがりきつね色、中は黄金《こがね》色に焼き上がった、いわゆるパウンドケーキと呼ばれるタイプの焼き菓子だった。

「これが？　どこでも見るような、何の変哲もない菓子だが」

司野の鈍いリアクションに、正路はちょっと困った笑顔で同意した。

「わかる。僕も、『普通のケーキですよね』って失礼なこと言っちゃった。これ、マデイラ・ケーキっていうんだって」

どうやら、博識な司野でも初めて聞く名前だったらしく、形のいい眉毛《まゆげ》が数ミリ上がる。続きを聞かせろという催促の表情だ。

「お店の人によると、イギリスのティールームでは、ド定番の焼き菓子なんだってさ。パウンドケーキっていえばそうなんだけど、お店のオリジナルで、レモンピールを入れて、少し風味をつけてるって言ってた」

「ほう」

「本当は、スコーンがあったらいちばんよかったんだけど、いつもは置いてないんだって。予約したら焼いてくれるそうだから、今度……もうちょっと涼しくなってからお願いしてみるね。そしたら、もっと本格的にアフタヌーン・ティー、あ、いや、スコーンと紅茶だけの場合は、クリーム・ティーっていうんだって教わってきたよ」

「ふむ。では、今日のこの取り合わせにも、何か名はあるのか？」

「あ、それは……たぶん、ないんじゃないかな」

「では、ただの茶と茶菓子だな」

「ふふ、そうだね。じゃあ、いただきます」

「……………」

例によって何も言わず、司野は紅茶に砂糖とミルクを入れ、一口啜《すす》った。正路は、ちょっとドキドキしながら、反応を待つ。

「これは、イギリスで買い求めた茶葉か？」

「う、うん」

「水が変わると、茶の味も変わるな。あちらで飲んだものより、淡い」

「えっ、薄かった？」

「薄いとは言っていない。淡い、だ」

司野の評価がすぐには理解できず、正路も急いで自分の紅茶に砂糖とミルクを入れ、飲んでみた。

「あ、ほんとだ。確かに、淡い」

確かに司野が言うとおり、むしろ濃い目に淹れたにもかかわらず、さらりと飲める。渋みが少ないようだと正路は思った。

「軟水だからかな。イギリスは硬水だよね？」

「だろうな。だが、これはこれで悪くない」

司野が「悪くない」といえば、それは「気に入った」ということだ。

さらに司野はケーキを一口味わい、「これも悪くない」と言った。

正路はやっと安心して、自分もケーキを食べてみる。

細かく刻んだレモンピール入りのスポンジは香り高く、肌理《きめ》が細かく、レモン汁の酸味が利いたアイシングとの相性もいい。食感はややドライなので、いかにも紅茶が進みそうだ。

ロンドンでは、自分の体調不良のせいでついに楽しめなかったティータイムを、こうして「忘暁堂」で満喫できる幸せを感じながら、正路は卓袱台の上を眺め、微笑んだ。

「折敷《おしき》にティーカップとケーキ皿を置くと、何だか和洋折衷って感じで面白いね」

すると司野も、感慨深そうに折敷に触れて言った。

「千年前も、辰冬がよく似たものを使っていた」

「えっ？　折敷って、そんな昔からあるの？　平安時代にもこんな感じで？」

司野は口角を数ミリ上げて、頷《うなず》いた。

「あった。使い方も同じだ」

「へええ！　じゃあ、辰冬さんも、こんな風に折敷に食器を載せて……？」

「素焼きの器に、鮎《あゆ》だの干した果物だの唐菓子だのを盛り、酒器を添えて、折敷に載せていたな。決して健啖家《けんたんか》ではなかったが、甘いものと旨《うま》いものと酒が好きな人間だった。よく、今で言うところの晩酌に付き合わされたものだ。ボロ屋敷の荒れ庭と、月を愛《め》でるなどと言ってな」

その光景が目に浮かぶようで、正路の顔も自然とほころぶ。

「もしかして、司野がこの折敷を使うことにしたのって」

「辰冬が使っていたものと、どこか似ていた……のかもしれん」

「そっか」

正路が笑みを深くすると、司野は眉根《まゆね》を寄せ、不愉快そうな顔つきになる。

「何が可笑《おか》しい。主《あるじ》を嘲笑《あざわら》うか」

「違うよ。いいな、素敵だな、好きだなって思うときだって、人間は笑うんだ」

笑顔のままでそう告げる正路に、司野は何ともいえない……どこか呆然《ぼうぜん》とした表情になった。

てっきり「うるさい」と叱責《しっせき》されるとばかり思っていた正路は、むしろ心配そうに司野の顔を覗《のぞ》き込む。

「司野？　どうかした？」

「いや……『気』の色が酷似していると、それが人としての形にも反映されるのかと」

「えっ？」

「目鼻立ちはまったく異なるのに、お前はたまに、辰冬と酷似した表情を見せる。今の笑い顔もそうだ」

そこで言葉を切って、司野は何かを低く呟《つぶや》いた。

妖魔《ようま》にはありもせんはずの、心が乱れる。


それは虫の羽音よりもなお小さな声だったが、正路の耳には、ハッキリとそう聞こえた。

半ば反射的に、正路の口から言葉が溢《あふ》れ出す。

「妖魔にだって、心はあるよ！」

司野は、不愉快そうに口角を下げる。

「何故、俺をさしおいて、人間のお前が断言する」

「違う生き物だから、わかるってこともあるだろ。他の妖魔は知らないけど、司野には、ちゃんと心がある。あるよ」

「……ふん」

真っ直ぐ自分を見つめてくる正路の目から、司野は珍しく顔を背けた。そして、ふて腐れた子供のような顔つきで黙りこくっていたが、やがて、意地悪な笑みを浮かべ、正路に向き直った。

「な……何？」

雲行きが変わったことを感じとり、ちょっと引き気味の正路に、司野は「思い出した」と言って、こう続けた。

「お前の受験……進路のことだが」

「あ……は、はい！」

いきなりの話題転換に、正路は慌ててティーカップを置き、正座に座り直す。

「好きなだけ悩め。迷え。そうだな、向こう五年ほどは構わんぞ」

「えっ？　ちょ、ちょっと待って、司野。どうしてそんなこと。だいたい予備校の学費、凄《すご》く高いのに」

「お前が、その身で予備校の学費を稼ぎ出したからだ」

「……僕が？　いつ？　どうやって？」

すると司野は、旨い肉を前にした肉食獣のような笑みを浮かべ、言った。

「セルウィンの狼藉《ろうぜき》の償いだそうだ。ジョンストンから、この俺が二度見する程度の金額が振り込まれてきた」

「えええ！　そんな！」

たちまち慌てる正路を、さっきやり込められた仕返しとばかりに面白そうに見やり、司野は嘯《うそぶ》いた。

「貰《もら》っておけ。未遂だったからこそ、金で片がついた。あのろくでもない秘書の命の代金だと思えば、まあ妥当な額だろうよ」

「うう」

確かに、あのタイミングで司野が助けてくれなければ、正路は身体にも心にも、生涯消えない傷を負ったことだろう。

そして間違いなく、セルウィンは司野に命を奪われていただろう。

(いやでも、五年分の学費って……司野が二度見する金額って！)

生活にいささかの余裕ができた今でも、財布に一万円札が入っていることなど滅多にない正路は、振込額をリアルに想像することができず、何とも不安な気持ちになってくる。

そんな正路をよそに、ケーキの最後の一口を頬張った司野は、やや不明瞭《ふめいりよう》な口調で言った。

「まあ、お前が早く進路を決めさえすれば、浮いた金で……そうだな、今度は純粋に観光目的で、再びロンドンへ旅してもいい」

「え！」

「無論、荷物持ちとして、お前も連れていく。お前が話していた大英博物館には、俺もいささかの興味がある」

　司野の言葉を聞くうち、正路の丸みを帯びた頰は上気し、柴犬《しばいぬ》を思わせるつぶらな瞳《ひとみ》は輝き始める。

「わかった！　できるだけ……勿論《もちろん》、真剣に迷って悩むけど、できるだけ早く、道を決める！　大英博物館のことも、うんと下調べしておくね」

「そうしろ。あと、このケーキを口の中から完全に追い払うには、もう一杯、紅茶が必要だ」

「今すぐ、お代わりを淹《い》れてくるよ」

　弾《はじ》かれたように立ち上がり、バタバタと台所へ駆けていく正路の背中を、司野は何の気なしに見送る。

　その口元に、微《かす》かではあるが、どこか温かな笑みが浮かんでいたことに、正路も、そしておそらく司野自身も気づくことはなかった……。

本書は、二〇〇四年三月にイースト・プレス アズ・ノベルズより刊行された『妖魔なオレ様と下僕な僕3』を全面改稿し、改題して文庫化したものです。

妖魔《ようま》と下僕《げぼく》の契約条件《けいやくじようけん》 3

椹野道流《ふしのみちる》

令和4年 6月25日　初版発行

発行者●青柳昌行

発行●株式会社KADOKAWA
〒102-8177　東京都千代田区富士見2-13-3
電話　0570-002-301（ナビダイヤル）

角川文庫 23225

印刷所●株式会社暁印刷
製本所●本間製本株式会社

表紙画●和田三造

●お問い合わせ
https://www.kadokawa.co.jp/（「お問い合わせ」へお進みください）
※内容によっては、お答えできない場合があります。
※サポートは日本国内のみとさせていただきます。
※Japanese text only

ISBN 978-4-04-111970-9　C0193

◇◇◇

角川文庫発刊に際して

角川源義

第二次世界大戦の敗北は、軍事力の敗北であった以上に、私たちの若い文化力の敗退であった。私たちの文化が戦争に対して如何に無力であり、単なるあだ花に過ぎなかったかを、私たちは身を以て体験し痛感した。西洋近代文化の摂取にとって、明治以後八十年の歳月は決して短かすぎたとは言えない。にもかかわらず、近代文化の伝統を確立し、自由な批判と柔軟な良識に富む文化層として自らを形成することに私たちは失敗して来た。そしてこれは、各層への文化の普及滲透を任務とする出版人の責任でもあった。

一九四五年以来、私たちは再び振出しに戻り、第一歩から踏み出すことを余儀なくされた。これは大きな不幸ではあるが、反面、これまでの混沌・未熟・歪曲の中にあった我が国の文化に秩序と確たる基礎を齎らすためには絶好の機会でもある。角川書店は、このような祖国の文化的危機にあたり、微力をも顧みず再建の礎石たるべき抱負と決意とをもって出発したが、ここに創立以来の念願を果すべく角川文庫を発刊する。これまで刊行されたあらゆる全集叢書文庫類の長所と短所とを検討し、古今東西の不朽の典籍を、良心的編集のもとに、廉価に、そして書架にふさわしい美本として、多くのひとびとに提供しようとする。しかし私たちは徒らに百科全書的な知識のジレッタントを作ることを目的とせず、あくまで祖国の文化に秩序と再建への道を示し、この文庫を角川書店の栄ある事業として、今後永久に継続発展せしめ、学芸と教養との殿堂として大成せんことを期したい。多くの読書子の愛情ある忠言と支持とによって、この希望と抱負とを完遂せしめられんことを願う。

一九四九年五月三日